글쓰기 싫은
교실

글쓰기 싫은 교실

최수정 장편소설

창해

글쓰기 참 쉽다

태어나면서부터 스마트폰을 손에서 놓지 못하는 요즘 아이들을 일명 '포노사피엔스'라고 한다지요. 틈만 나면 유튜브를 보거나 게임을 하느라 친구들과 한자리에 있어도 서로 말하지 않고 휴대전화기만 들여다보느라 정신이 없습니다. 그래서 그런지 자기가 할 말은 잘하는 데 제 생각을 글로 쓰라고 하면 어려워하는 것 같습니다.

더구나 인권침해라는 이유로 일기 쓰기 지도가 교실에서 사라졌으니 교사들도 글쓰기를 어떻게 가르쳐야 할지 갈피를 잡기 어렵습니다. 이런 교사들에게 저자가 오랫동안 글을 쓰고 또 아이들을 가르치면서 얻은 소중한 깨우침을 이야기 형식으로 쓴 풀어쓴 최수정 장편소설《글쓰기 싫은 교실》은 무더운 한여름 날 시원한 소나기가 되어 교사들의 답답한 마음을 뻥 뚫어줄 것 같습니다.

다시 한 번 자신의 실제 경험을 통해 얻은 소중한 자산을 함께 나누는 소설 《글쓰기 싫은 교실》을 펴내게 된 것을 기쁘게 생각합니다. 이 책이 아이들에게 글쓰기를 어떻게 가르쳐야 할지 고민하는 많은 교사들에게 길잡이가 되었으면 좋겠습니다. 그래서 아이들 입에서 '글쓰기는 참 쉽다'라는 말이 나오는 행복한 세상을 꿈꾸어 봅니다.

2021년 11월의 어느 날

김동수(청봉초등학교장)

차례

스토리텔링 과목이 생긴다고?

"아니 스토리텔링 과목이라니, 그게 말이나 되는 소립니까? 진 선생, 당장 들어오라고 하세요!"

책상 위에 놓인 계획서를 확인한 교감이 수업 시간인 것도 잊은 채 유정을 불러들였다.

"부르셨어요. 교감선생님."

"내가 안 된다고 말했을 텐데요."

"이름도 안 썼는데, 제가 쓴 거 아셨네요? 역시 교감선생님!"

"벌써 세 번째예요. 아무리 교사라도 정해진 교과를 바꿀 순 없 다는 건 잘 알고 계시잖아요."

"알아요. 그렇지만 이미 미국에서도."

"글쓰기를 필수 과목으로 지정하고 글쓰기 센터까지 설립했다고요?"

이남도 벌써 세 번째 듣는 이야기였다.

"다른 나라 이야기다. 우리도 국어 시간이 있지 않느냐, 라고 하시면 할 말 없어요. 그렇지만 고작 국어 몇 시간으로는 아이들에게 제대로 된 글쓰기를 가르쳐줄 수가 없습니다."

이번에는 절대 물러날 수 없다는 듯 유정의 목소리에 단호함이 묻어났다.

"우리나라에서 글쓰기는 이 정도면 충분해요."

"어떤 근거로요?"

"그거야 뭐……."

"과학, 기술 분야에서도 업무의 35% 이상이 글과 관련되어 있다는 거 아시나요? 문장력이 부족하면 연구 성과가 아무리 좋아도 소용이 없다고요."

"그거야 특수한 경우고."

"아이들 가르치는 교사라면서 계획서 쓸 때 핵심 하나 못 짚느냐, 이런 문장력으로 교육청은 어떻게 설득하느냐, 교감선생님이 그러셨죠?"

"그건 선생님들 좀 분발하라는 뜻이었고요."

이남이 머쓱해하며 고개를 돌렸다. 사실 글쓰기는 이남에게도 꽤 중요한 문제였다. 교감이 되고 난 뒤로 동문회 운동회다, 학교

행사다 해서 축사나 환영사를 읊어야 할 순간이 한두 번이 아니었다. 사실 작년까지만 해도 진유정 선생님의 도움을 받아 큰 행사와 홍보 자료의 글들을 여러 번 해결했던 이남이었다.

"교감선생님께서도 어릴 때 글 좀 배워 놓지 않은 게 후회된다고 하셨잖아요."

"그래서 어떻게 하자는 겁니까?"

이남이 반쯤 꺾인 목소리로 물었다.

"국영수 시간을 빼서 글쓰기 시간을 확보하자는 건 아니에요. 학교에서도 정해진 교육 과정을 따라야 하니까 조정하기 힘드시겠죠. 대신, 학교 재량으로 확보된 시수 중에 딱 한 시간만 주세요. 일주일에 한 시간만 스토리텔링 수업을 할 수 있으면, 아이들에게 글 쓰는 즐거움을 가르쳐줄 수 있어요."

"그럼 학부모들은 어떻게 설득할 거죠? 요즘 학부모들, 쉽지 않아요. 글쓰기의 중요성을 안다고 해도, 영어, 수학에 더 투자하고 싶을 거예요."

이남의 반박에 유정이 잠시 생각에 잠겼다.

"사람들 참 답답해요. 컴퓨터가 통역도 계산도 다 도와줄 수 있는데, 글쓰기는 누구도 대신할 수 없는 거잖아요. 그럼 일단 글쓰기부터 배워야 하는 거 아닌가요?"

"글이야, 특별히 배워야 쓸 수 있다고 생각하진 않으니까."

생각해보면 이남 역시 언제 한번 제대로 글쓰기를 배워본 적이 없었다. 초중고 국어 시간에는 주어진 지문을 해석하고 문제를 풀기에 바빴고, 그나마 있던 문학 시간에도 글의 구조나 주제 따위를 분석하느라 아까운 시간을 다 날려버렸다.

"내내 글쓰기에 손 놓고 있다가 대학 논술 시험까지 암기로 해결하려고 하니까 이런 문제가 생기는 거예요. 서른, 마흔 먹고도 자기 생각 하나 제대로 못 쓰는."

"지금 나 들으라고 하는 소리죠?"

이남이 한결 편안해진 표정으로 물었다. 그러고 보니 아이들을 위해 저렇게 흥분하는 교사도 참 오랜만이다. 다들 이런저런 업무와 수업 준비에 바빠서 어느새 더 나은 교육을 위한 고민은 모두에게 뒷전이 되어버렸다.

"선생님 뜻은 일단 잘 알겠어요. 글쓰기 교육이 중요하다는 데는 나도 동의하구요. 근데 학부모나 아이들 의견도 무시할 순 없어요. 현장학습 하나를 가도 학부모 동의를 받아야 하는 게 현실인데, 글쓰기로 아이들이 달라졌다는 증거 정도는 있어야 하지 않겠어요?"

유정 역시 동의하는 바였다. 아침 시간을 이용한 간단한 독서 지도 하나에도 그 효과와 영향력을 따지는 게 요즘 학부모들이었다. 하지만 그런 학부모들에게도 그럴만한 이유는 있었다. 초, 중,

고 12년 내내 열심히 공부시켜 놨더니 사회에 나가 듣는 말이라고는, "학교 다닐 때 뭐 배웠어!" "초등학교 때 이런 것도 안 배웠어?"라는 타박뿐이라니……

"증명만 할 수 있으면, 허락해 주시는 거죠?"

이번엔 정말 단단히 마음을 먹은 듯 유정이 단호한 목소리로 말했다.

"좋은 방도라도 있나 봐요?"

"이번 주에 개설될 동아리 활동에 부서 하나만 추가해주세요."

"진 선생은 글쓰기부 아니었어요? 글쓰기 과목도 개설한다는 사람이 대체 무슨 부서를 하려고."

"글쓰기싫은부요."

"네? 지금 뭐라고 했어요?"

"글쓰기싫은부요. 글이라면 진절머리를 내는 아이들이라도 얼마든지 바뀔 수 있다는 거 보여드릴게요."

"기간은요?"

"다른 부서들처럼 1년이요."

"변화된 모습은 누가 증명해주죠?"

"아이들이요. 그건 아이들이 증명해줄 거예요."

교무실 문이 열리고 유정이 한껏 상기된 얼굴로 교무실에서 나왔다. 자신 있게 할 수 있다는 말을 뱉어놓긴 했지만, 사실 유정도 걱정되긴 마찬가지였다. 과연 아이들이 생각대로 잘 따라와 줄 수 있을까?

선생님이 잠시 자리를 비운 교실에서는 아래층까지 떠드는 소리가 들렸다.

6학년 3반. 창문으로 선생님의 모습을 발견한 몇몇 아이들이 재빨리 제자리를 찾으며 호들갑을 떨었다.

"선생님 올 때까지 책 읽고 있으라고 이야기했을 텐데."

유정이 교무실에서 받은 스트레스를 괜히 아이들에게 풀며 인상을 찌푸렸다. 그런 교사는 되지 말겠다고 다짐했었는데.

"아이씨, 또 시작이네."

교실 뒤에서 익숙한 투덜거림이 들렸다. 저 정도 크기의 목소리라면 충분히 알아채고 화를 내달라는 일종의 선전포고다.

"이현규, 방금 뭐라고 했어?"

"제가 뭘요. 아무 말도 안 했는데요?"

"너 앞으로 나와."

오늘도 전쟁이다. 6학년 아이들과의 하루는 한시도 긴장의 끈을 놓을 수 없는, 터지기 직전의 시한폭탄 같다.

"왜요?"

아이들의 시선이 일제히 선생님을 향했다. 존경이 아닌 염려와 흥미가 뒤섞인 표정. 한 명의 아이가 불러온 교실 안의 무거운 공기를 느끼며 유정의 마음이 쿵, 하고 내려앉았다.

글쓰기 싫은 아이들. 그 아이들과 함께하는 1년의 시간이 결코 짧지만은 않을 거라는 불길한 예감이 든다.

2

글쓰기싫은부

"자, 다들 희망부서 다 적었지? 공정하게 정하는 거니까 불만
은 사양이야."

목요일 6교시, 다음 주면 드디어 글과 담 쌓은 아이들을 만나
게 될 동아리 활동 시간이었다. 다른 때 같으면 별생각 없이 부서
별 명단을 정리했겠지만, 오늘은 일단 신청서를 걷어 확인해야 할
이름들이 있었다.

"글쓰기싫은부."

아이들에게 부서 이름을 쭉 불러주던 중, 정확히 글쓰기싫은부
에서 놀란 표정과 어리둥절한 웅성거림이 쏟아져 나왔다.

"선생님, 방금 무슨 부라고요? 글쓰기싫은부? 잘못 보신 거 아
니에요?

"세상에 글 쓰고 싶은 사람도 있나."

"거기 가면 오히려 글 더 써야 될 걸. 쌤들이 그냥 내버려 둘 리가 없지."

이유야 어쨌든 관심 끌기는 성공. 이제 적당히 평범한 아이들 몇 명만 들어와 준다면 완벽하다. 유정이 긴장된 표정으로 신청서를 하나씩 넘겨보았다.

교사로서 담임을 맡은 모든 아이들에게 똑같은 사랑과 똑같은 책임감을 가지고 있었다. 하지만 궁지에 몰린 순간에는 절대 만나고 싶지 않은 사람이 있기 마련이다. 그리고 그 불길한 예감은 단 한 번도 틀린 적이 없다.

이현규 1지망 글쓰기싫은부. 2지망 그림그리기싫은부. 3지망 아무것도하기싫은부. 이 녀석, 끝까지 반항이다. 글이건 그림이건 일단 다 하기 싫다는 거지?

매일 학교에 오면 두 시간은 딴생각에 두 시간은 반성문 쓰기. 그나마 담임이 없는 교과 시간에는 자거나 혼나거나 둘 중 하나의 패턴을 한결같이 유지해 온 녀석이었다. 보통 남자아이들의 경우 공부에 관심이 없더라도 축구나 농구 같은 활동에는 제법 적극적으로 참여를 하는 편인데, 무슨 이유인지 현규는 그 어떤 일에도 관심을 보이려 하지 않았다.

그리고 또 하나의 복병.

"야! 니들 글쓰기싫은부 쓰기만 해라. 이 형님이랑 현규가 찍었으니까 무조건 다른 부 써!"

"선생님! 광재가 막 협박해요!"

손광재. 반에서 큰 영향력은 없지만 지역 유지인 엄마의 입김 덕에 덩달아 도련님 대접을 받고 있는 녀석이었다. 이쯤 되면 굳이 신청서를 모아 보지 않아도 '글쓰기싫은부'의 구성원이 대충 추려진다. 이현규, 손광재. 그리고 또 어떤 복병들이 유정을 기다리고 있을까.

"선생님, 결과 나왔어요?"

드디어 동아리 활동이 시작되는 날. 회장인 수연이가 조심스레 다가와 물었다. 평소 선생님의 말이라면 무엇이든 일단 "네"하고 보는 전형적인 모범생이었다. 똑똑한데 성격까지 좋아 남녀 친구들 사이에서 거의 탑 수준의 인기를 누리고 있었다.

"어? 그러고 보니까 수연이 신청서를 못 봤네? 무슨 부 지망했지? 방송부였나?"

"아니요. 저 글쓰기싫은부요."

수줍은 수연이의 대답에 유정이 교사의 체면도 잊은 채 벌떡 일어나 소리를 지를 뻔 했다. 말도 잘 듣고 시키는 건 곧 잘해내는 이 사랑스런 회장이 글쓰기싫은부라니. 이제야 조금씩 희망이 보이는 것 같다.

"자! 모두 자리에 앉아 봐. 드디어 대망의 결과 발표!!"

수연이의 등장으로 한결 편안해진 유정이 웃으며 아이들의 부서를 알려주었다.

"꺄악!! 쌤, 이런 게 어디 있어요!"

"헐. 망했다. 야, 누구 나랑 바꿔 줄 사람!!"

"바꾸긴 어딜? 얼른 신청서 들고 각자 반으로 이동!"

유정의 말에 아이들이 무거운 몸을 일으켜 각자의 교실로 향했다. 그리고 남아 있는 세 사람. 현규, 광재, 수연. 부서별 교실 발표가 있고 난 뒤, 현규와 광재의 얼굴이 급격히 어두워졌다. 다행히 수연이는 낯선 선생님이 아니라 다행이라는 듯 웃음 띤 얼굴로 유정을 바라보고 있었다.

"아이씨, 뭐야. 글쓰기싫은부라더니. 완전 속았어."

광재가 대놓고 불만을 표시했지만 그 정도 반항은 귀여운 수준이었다. 조용히 하라는 말로 교사의 위엄이라도 챙길 수 있으니까. 삐딱하게 앉아 주머니에 손을 찔러 넣고 있는 현규를 보니 위엄이고 뭐고 가서 한 대 확 쥐어박고 싶은 생각이 간절했다.

'너만 싫은 거 아니라고, 할 수만 있다면 규칙이고 뭐고 다 바꿔서 너를 확 다른 부서로 보내버리고 싶은 심정이라고!!'

하고 싶은 말을 꾹꾹 눌러가며 애써 부서 명단에 이현규 이름 석 자를 적어 넣었다.

"쌤!!"

그때 막 앞문이 벌컥 열리며 누군가 거침없이 교실로 들어왔다.

"역시 운명이라니까. 내가 어쩐지 쌤일 것 같아서 신청했는데, 완전 반가워요."

기상태. 6학년이 되자마자 3반을 제 반처럼 드나들며 유정에게 강한 애정을 표현해 오던 당돌한 녀석이었다. 그리고 우르르 들어오는 민주와 혜영, 딱 봐도 공부보다는 노는 데 더 관심이 많아 보인다.

"선생님, 저 반 좀 바꿔주세요."

새침하게 서 있는 여자아이들의 이름을 받아 적으려는데, 훤칠하게 큰 키에 멀끔한 얼굴의 학수가 불쑥 부서 교체를 요구해왔다.

"왜?"

뒤에 서 있던 태광이 학수 대신 유정의 눈치를 살폈다. 그리고 힐끗 바라본 곳에 현규가 날카로운 눈빛으로 학수를 노려보고 있었다.

'이건 또 뭐람……'

그러고 보니 작년 5학년 부장 선생님께서 얼핏 이 상황에 대해 귀띔을 해주셨던 것 같다. 회사 생활을 할 때 유독 나랑만 안 맞는 동료가 있듯, 아이들 사이에도 저마다의 사연과 쉽게 극복될 수 없는 관계들이 존재한다고.

작년에 전학 온 학수와 현규가 딱 그런 사이였다. 이유는 알 수 없지만 둘이 만나면 크게 싸우거나, 함께 사고를 치거나, 그것도 아니면 저렇게 서로를 향해 강한 경계심을 내보이곤 했다.

"이미 정한 거라 바꾸긴 힘들 텐데, 일단은 앉고 이따 담임선생님이랑 얘기하고 와."

담임선생님이라는 말에 학수가 어쩔 수 없다는 듯 입을 꾹 다물었다. 6학년 1반 오대진 선생님. 52세의 나이에도 불구하고 지치지 않는 체력과 불같은 성격을 겸비한 금아초 최고의 카리스마 교사였다. 덕분에 아이들에겐 기피대상 1호였지만.

"아이씨, 저건 또 뭐냐?"

새침한 표정으로 앉아 있던 민주가 교실로 들어오는 원국이를 보며 입을 삐죽였다.

"어? 조수연!! 너도 이 반이였어? 아싸!! 선생님, 저 진짜 열심히 하겠습니다!!"

원국이 이마에 맺힌 땀을 쓱 문질러 닦고는 슬쩍 수연의 앞자리에 앉는다.

'저기는 또 러브라인이구만.'

세상 모든 집단이 그렇겠지만, 특히 남녀 아이들이 비슷한 비율로 모여 있는 교실에서는 하루에도 몇 번씩 사랑의 불꽃과 시기 질투, 우정과 같은 여러 감정들이 복잡하게 뒤엉켰다.

"자, 그럼 이제 다 온 건가?"

"저……."

문밖에서 잔뜩 주눅 든 목소리가 들려왔다.

"어? 진원아! 진원이도 선생님 반이야?"

강진원, 조용한 성격에 친구들과 어울리기를 유난히 힘들어 했던 소극적인 아이었다. 재작년에 성격을 바꿔보고 싶다며 교육 연극부에 들어와 처음 만났었는데, 여전히 자신 없는 표정과 말투를 보니 그렇게 쉽게 바뀔만한 성격은 아니었었나 보다. 어쨌든 처음으로 솔직하게 마음을 털어놔준 아이였기에 유독 정이 가고 반갑게 느껴졌다.

"들어와. 이 앞에 앉으면 되겠다."

그렇게 진원이까지 총 10명의 학생들이 교실에 모였다. 6학년 3반 최고의 트러블메이커 이현규, 손광재, 유정의 유일한 희망인 회장 조수연. 글보다 유정에게 관심이 많아 보이는 2반 기상태. 1반에서 온 현규의 라이벌 오학수와 이태광. 공부보다 화장에 더 자신 있어 보이는 5반의 정민주, 한혜영, 운동만큼 감정 표현도 화끈한 축구부 이원국. 친구들과의 관계에 어려움을 겪고 있는 4반의 강진원까지.

이제 이 아이들과 함께하는 1년간의 프로젝트가 시작되었다.

'글쓰기싫은부.'

글이라면 교과서에 쓰는 이름 석 자가 전부인 아이들부터 논술이며, 글쓰기 수업까지 전부 받아봤지만, 여전히 글쓰기엔 자신이 없다고 말하는 노력형 아이들까지.

앞으로 스토리텔링 교육이 이 아이들을 얼마나 크게 변화시킬 수 있을까. 아이들을 바라보는 유정의 눈빛에 기대와 걱정의 기색이 동시에 떠올랐다.

선생님의 이상한 약속

"다들 반가워. 선생님이랑 처음인 친구도 있고, 왜 또 여기서 만나나, 지긋지긋한 친구도 있지?"

유정이 일부러 현규를 쳐다보며 말했다. 현규가 피식 콧방귀를 뀌며 고개를 돌렸다. 그런 농담 따위 듣고 싶지 않다는 듯이,

"오늘은 첫날이니까 간단하게 부서 소개 먼저 할게. 우리 부서 이름이 뭐였지?"

"글쓰기싫은부요."

"맞아. 그럼 우리 부서에 글 쓰고 싶어서 들어온 사람?"

유정의 말에 아이들이 서로 눈치만 볼 뿐 아무도 손을 들지 않았다.

"글쓰기싫은부라고 했는데, 글 쓰고 싶어 하는 사람이 들어오

면 안 되지. 그럼, 이렇게 한번 물어볼까? 글을 쓰긴 싫지만, 잘 쓰고는 싶어서 들어온 사람."

이번엔 몇몇이 슬그머니 손을 들어 올렸다.

"좋아. 사실 글쓰기가 어렵고, 지겹긴 했을 거야. 선생님도 어릴 땐 일기 쓰기랑 독서록이 제일 싫었었거든."

"진짜요? 완전 범생이었을 것 같은데."

"맞아. 그랬지. 근데 범생이라고 다 글이 좋아서 쓰는 건 아니야."

"그럼 선생님은 글쓰기를 언제부터 좋아했어요?"

어느새 절반 이상의 아이들이 제법 진지한 표정으로 유정을 바라보고 있었다.

"음……. 고등학교 때? 학교에서 그렇게 쓰라고 할 땐 글이 안 써지더니, 혼자 써 보기 시작하니까 너무 재밌는 거야."

"에이, 말도 안 돼."

맨 앞줄 구석에 앉은 혜영이가 황당한 표정으로 말했다.

"그치? 근데 진짜 그랬어. 밤 10시까지 야자를 하고 집에 와서 밤새 글을 쓸 정도였다니까. 그래서 말인데, 선생님이랑 하나만 약속하자. 앞으로 글이 쓰고 싶어지면, 누구 눈치도 볼 필요 없이 솔직하게 써 보기."

유정의 말에 아이들이 무슨 뜻이냐는 듯 서로를 쳐다보았다.

"그러면 내 손에 장을 지지겠네."

광재의 농담에 곳곳에서 공감의 웃음이 터져 나왔다.

"끝까지 쓰기 싫은 사람은요?"

학수가 물었다.

"그럼 안 쓰면 되지!"

뭐 그렇게 간단한 걸 묻느냐는 듯한 대답이었다.

"글쓰기가 싫은 건 절대 부끄러운 게 아니야. 너희 체육 싫어하는 사람도 있고, 음악 싫어하는 사람도 있지? 세상에 할 일이 얼마나 많은데 그걸 다 잘하고 좋아할 수 있겠어. 선생님도 사실 체육 싫어하거든, 교대 다닐 땐 피아노를 못 쳐서 음악도 진짜 싫었다? 근데 진짜 부끄러운 건, 난 그걸 못하니까 절대로 안 할 거야! 라면서 고집을 피우는 거야. 너희 〈여우와 신포도〉 이야기 알지?"

"네! 여우가 포도 못 먹으니까 저건 신포도라고 생각해 버리는 거잖아요."

"우와, 원국이 제법인데?"

"에~이, 선생님 그거 유치원 때 나와요."

"그래? 그럼 민주는 그 이야기 듣고 여우가 어때 보였어?"

책상 아래로 휴대폰을 만지작거리고 있던 민주가 화들짝 놀라며 유정을 바라보았다.

"한심했어요. 자기가 못하니까 괜히 핑계나 대고."

"맞아. 한심하지. 그러니까 우리 그런 사람은 되지 말자는 거야. 여기서 너희가 지켜줄 건 그거 딱 하나야. 무조건 싫다고 하지 말고, 쓰고 싶어지면 마음껏 써 보기."

"그럼 선생님은요?"

현규가 물었다. 조건 없이는 그 무엇과도 쉽게 타협하지 않겠다는 듯이.

"쓰기 싫은 사람에게는 절대로 글쓰기를 강요하지 않을게."

"말도 안 돼."

"지금 속으로 이렇게 생각하지? 선생님이 뻔하지 뭐. 저러다 결국 학습지 몇 장 나눠 주고, 그래도 이것만 써 보자. 할 거야."

"네!!"

오랜만에 아이들이 한마음으로 입을 모았다.

"맞아. 그럴지도 몰라. 선생님이 원래 건망증이 심해서 말이야."

아이들이 황당한 표정으로 유정을 쳐다보았다.

"그렇지만 약속은 약속이니까, 혹시 그러면 너희가 선생님한테 얘기해줘! 선생님, 약속하셨잖아요! 이렇게."

이상한 약속과 이상한 부탁.

"그럼 우린 뭐하면 돼요?"

수연이 물었다. 학생으로서 수업 시간에 마땅히 해야 할 공부와 활동 내용에 대한 질문이다.

"음. 그것도 그러네. 뭐든 하긴 해야 되는데."

"글쓰기 말고 뭐든 하죠!"

축구부 원국이었다. 원국의 속 시원한 말에 아이들이 크게 웃음을 터뜨렸다.

"그럴까?"

"네! 뭔가 하긴 해야 될 것 같고, 우리 다 글 쓰는 건 싫어하니까."

원국이 친구들을 돌아보며 말했다. 글쓰기를 싫어한다는 공통점 하나로 아이들 사이에 묘한 유대감 같은 게 느껴졌다.

"좋아! 그럼 다음 시간부터 아주 간단한 미션 하나씩만 내줄게. 대신 글쓰기는 아닌 미션으로!"

"네!!"

아이들이 모두 교실로 돌아간 뒤, 유정이 혼자 남아 교탁 앞에 앉았다. 글쓰기 싫은 아이들도 글을 쓰고 싶어지게 만드는 글쓰기 아닌 미션. 10명의 아이들에게 일주일에 한 시간쯤은 그냥 흘려버릴 수도 있는 시간이겠지만, 교사로서 아이들에게 끼칠 영향과 변화를 생각하면 묵직한 책임감이 느껴졌다.

당장 다음 주 수업을 떠올리며 생각에 잠겨 있는데, 똑똑. 노크 소리와 함께 뒷문이 스르륵 열렸다.

"어? 수연아, 집에 안 갔어?"

무언가 큰 고민을 담고 있는 얼굴이었다.

"무슨 일이야?"

유정의 질문에 수연이 대답을 망설이며 손끝만 만지작거렸다.

"아까 동아리 활동 때문에?"

"네."

수연의 대답에 유정은 올 것이 왔구나, 하는 생각이 들었다. 학년 최고 문제아들도 모자라 1년 내내 글이라곤 쓸 것 같지 않은 느낌을 주었으니. 수연이 부서를 바꿔달라고 해도 전혀 이상하지 않은 상황이었다.

"아까 좀 놀랐지? 근데 말이야."

"아니요. 그게 아니라……."

수연이 선생님의 생각을 읽었다는 듯 다급히 손을 내저으며 말을 이었다.

"저. 왜 글쓰기를 싫어하나……. 오해하실 것 같아서."

조심스러운 수연의 말에 유정이 잠시 멈칫하다가 이내 웃음을 머금었다.

"선생님이 오해할까봐 걱정 되서 온 거야?"

"네."

6학년답지 않은 순수함에 피식 웃음이 나오면서도, 잔뜩 긴장한 모습을 보니 안쓰러운 생각이 들었다.

"오해는 무슨! 사실 좀 궁금하긴 했어. 수연이는 글쓰기 수행평가도 항상 잘해 왔잖아."

유정의 말에 수연이 갑자기 울컥 눈물을 터뜨렸다.

"그동안 힘들었던 거야?"

"……."

"그랬구나. 선생님은 수연이가 글도 항상 잘 써 오기에, 글쓰기를 좋아하는 줄 알았어. 글쓰기도 힘든데, 맨날 그렇게 해 오려니까 진짜 부담이었겠다."

"네……."

수연이 겨우 눈물을 멈추고 대답했다.

"근데 원래 글 쓰는 건 별로 안 좋아했어?"

"어렸을 땐 좋았는데, 자꾸 부담이 생기니까 더 안 써지고, 밤새쓴 글도 다시 읽어보면 이상한 것 같고……."

"진짜? 선생님 어릴 때랑 똑같네?"

반가워하는 말투에 수연이 조금 의외라는 듯 유정을 보았다.

"그래서 글쓰기싫은부에 들어온 거구나. 글쓰기에 대한 부담도 덜고, 글도 더 잘 쓰고 싶었던 거지?"

수연이 대답 대신 고개를 끄덕인다.

"잘 왔어. 선생님이 아까 얘기했지? 글쓰기가 싫고, 어려운건 절대 부끄러운 일이 아니라고. 대신 어른이 되어서도 그러면 그건 진짜 부끄러운 거야. 왜 맞춤법 막 틀리고 그러는 어른들 있잖아."

유정의 농담에 수연이 그제야 편안해진 얼굴로 수줍게 웃음을 보였다.

"선생님이 너희를 1년 만에 작가로 만들어주고 그럴 순 없어. 그렇게 말한다면 거짓말이지. 그렇지만 적어도 1년 뒤에는 글쓰기가 신나게 만들어 줄게."

확신에 찬 선생님의 말에 수연의 눈빛이 반짝거렸다.

"천재는 노력하는 사람을 이길 수 없고, 노력하는 사람은 즐기는 사람을 이길 수 없다는 말 알지?"

"네."

"1년 뒤에는 아마 글쓰기를 즐기면서 할 수 있게 될 거야."

교사는 아이들에게 새로운 지식과 살아가는 지혜를 알려주기도 하지만, 아이들과 대화를 나누며 자신도 모르는 확신을 갖게 되기도 한다. 수연이 한결 가벼워진 걸음으로 교실을 나간 뒤, 유정의 마음속에도 이상하게 잘할 수 있을 거라는 자신감과 용기가 솟아올랐다.

'부담감 버리기.'

가르쳐야 한다는 부담감을 버리고 나니 오히려 다음 수업 시간이 기다려지기 시작했다. 가지각색의 아이들과 함께하는 교사의

하루엔 늘 이런 재미가 있다. 언제 터질지 모를 폭탄 하나를 떠나
보내고 나면, 예상치 못한 순수함으로 감동을 주는 사랑스러운
아이가 다가온다는 것.

원시인의 숟가락

아무런 준비도 없이 시간이 흘러갔다. 너무 많은 준비가 오히려 기대를 키울 거라는 생각에 별 기대 없이 편견 없이 있는 그대로의 아이들을 믿어 보기로 했다. 다만 한 가지, 매 수업의 목표는 필요했다. 첫 번째 수업의 목표는 '편견 깨기'. 딱딱하게 굳어 있는 아이들의 뇌를 깨우고, 스스로에 대한 편견을 극복하게 해 주기 위한 목표였다.

"자, 다들 왔지?"

첫 시간에 대충 이름을 외워 놓아서 그런지 두 번째 시간엔 출석부 없이도 아이들의 이름을 떠올릴 수 있었다. 이름과 얼굴을 기억해 주는 것은, 교사로서 아이들에게 줄 수 있는 첫 번째 관심이자 신뢰의 표현이다.

"오늘은 뭐 할 거예요?"

상기된 표정으로 묻는 상태의 얼굴에 기대감이 가득 차올랐다. 다른 아이들 역시 표현은 하지 않았지만 선생님이 과연 약속을 지킬 수 있을지 궁금한 표정들이다.

"일단 책상을 전부 뒤로 밀고 앞에 와서 둥글게 앉아보자."

유정의 말에 아이들이 일제히 일어나 움직이기 시작했다. 슬쩍 현규를 보니 경쟁자 학수를 신경 쓰느라 유정에게는 관심도 없는 것 같았다. 둘이 큰 문제만 없다면 적당한 긴장감은 오히려 감사할 따름이다.

"에이, 원이 이게 뭐야. 우리 좀 더 가깝게 앉아볼까?"

6학년이라 이제 막 이성에 눈을 뜨기 시작한 아이들은 서로에게서 멀찍이 떨어져 남녀로 뭉쳐 있다.

"그냥 해요. 움직이기 힘든데."

이번엔 여자아이들의 불만이었다. 그렇다면 다 방법이 있지.

"좋아. 그럼 게임 하나 하자."

갑작스런 게임 제안에 아이들이 눈을 동그랗게 뜨고 유정을 쳐다보았다.

"글쓰기 아니니까 걱정 말고."

그제야 다들 피식 웃으며 교실 분위기가 부드러워 졌다. 그새를 놓칠 새라 유정이 얼른 교탁 서랍에서 미리 준비해 놓은 손수

건 한 장을 꺼냈다.

"짠!! 수건돌리기. 너희 수건돌리기 알지?"

해맑은 유정의 표정에 잠시 기대했던 아이들의 표정이 순식간에 실망감으로 바뀌었다.

"선생님, 그게 언제 적 놀인데요. 유치하게."

"그래? 그럼 다들 해봤다는 얘긴데? 좋아! 오늘 걸리는 사람 벌칙은? 이따가 미션 첫 번째로 하기!"

미션이라는 말에 아이들이 놀란 토끼 눈을 뜨고 유정을 바라보았다.

"미션이라고 했지, 글쓰기라고는 안 했어! 그럼 선생님부터 해볼까? 노래는 둥글게 둥글게!"

어릴 때나 부르던 유치한 동요에 아이들의 표정이 또 다시 일그러졌다. 이럴 땐 모르는 척 시작해 버리는 게 상책.

"둥글게, 둥글게~ 둥글게 둥글게~ 어? 노래 안 해? 안 하는 사람 뒤에 놓고 간다!"

선생님의 협박에 아이들이 그제야 웅얼거리며 노래를 따라 불렀다. 유정이 아이들 주위를 돌고, 어떻게든 자리를 보전하고 싶은 아이들이 눈치를 살피며 슬쩍 손으로 뒤를 더듬거린다.

"손뼉을 치면서, 노래를 부르며, 랄라랄라 즐겁게 춤추자!"

노래가 끝나고 유정이 다가가 학수의 어깨를 탁 짚었다. 놀란 학수에게 아이들의 시선이 모이고, 학수 뒤에는 미처 발견하지 못한 수건 하나가 덩그러니 놓여 있다.

"자, 그럼 이따 학수가 1번이다! 이제 학수부터 시작!"

선생님의 지목을 받은 학수가 큰 키를 일으켜 어쩔 수 없이 천천히 걷기 시작했다.

"둥글게~ 둥글게~ 둥글게~ 둥글게~"

노랫소리가 점점 커지고, 현규가 내 뒤에 놓기만 해보라는 듯 학수를 노려보았다. 학수가 무심히 고개를 돌리며 딴청을 피우는가 싶더니 슬그머니 수건을 내려놓았다. 현규가 기척을 느끼고 재빨리 뒤를 돌아보았지만 이미 뒤에는 수건이 놓여 있다.

"아이씨, 저 새끼가."

자기도 모르게 튀어나온 거친 말투에 유정이 눈치를 줄 새도 없이 현규가 벌떡 일어나 학수의 뒤를 쫓았다. 좁은 교실에서 100미터 달리기를 하듯 전력 질주 상황이 이어지고, 다행히 학수가 먼저 미끄러지듯 달려와 현규의 자리에 앉았다.

의외로 적극적인 두 사람의 모습에 아이들이 전부 키득거리며 게임에 빠져들었다.

"학수 제법인데? 그럼 이제 현규 차례. 참! 한 번 걸린 사람한테 또 주는 건 반칙."

유정의 말에 현규가 분한 표정으로 학수를 노려보았다. 그리고 다시 시작되는 노래. 그렇게 20분쯤 돌다 보니 열 명의 순서가 다 정해졌다.

"우와, 이제야 좀 원처럼 보이네."

신나게 놀고 난 아이들이 어느새 아무렇게나 섞여 둥근 원이 되었다.

"그럼 이제 20분밖에 안 남았으니까 오늘 미션을 시작해 볼까? 자. 오늘의 미션은!"

유정이 입으로 효과음까지 넣어가며 주머니에서 무언가 꺼내 교실 바닥에 내려놓았다. 급식실에서 빌려온 은색 숟가락 하나.

예상치 못한 물건의 등장에 아이들의 얼굴에 궁금증이 가득 차올랐다.

"이게 뭔지 아는 사람?"

아이들이 쉽게 손을 들지 않는다. 너무 당연한 질문에 당연한 대답을 하기가 어쩐지 민망한 눈치다.

"숟가락이요."

원국이 얼른 손을 들며 말했다.

"정답! 그럼 이건 어디다 쓰는 거지?"

"밥 먹을 때요."

이번엔 혜영이다.

"오오, 잘 알고 있네? 그럼 우리 눈 한번 감아볼까?"

유정의 말에 아이들이 의아한 듯 서로를 바라보다가 이내 하나둘 눈을 감았다.

"자, 이제 시간 여행을 하는 거야. 어? 태광이! 눈 뜨기 없기."

순순히 눈을 감고 있는 모습을 보니 아무리 그래봤자 열세 살 어린이들이다.

"지금으로부터 10만 년 전, 우린 어느 동굴에 모여 사는 원시인들이고, 우리가 쓸 수 있는 거라곤 돌멩이, 흙, 나무 밖에 없어."

"우와, 구석기시댄가?"

상태의 말에 여기저기서 키득거리는 소리가 들렸다.

"어느 날 아침에 온 마을 사람들이 모여서 회의를 하고 있는데, 하늘에서 무언가가 뚝 떨어진 거야."

유정이 숟가락을 높이 들어 올렸다가 바닥에 떨어뜨렸다. 쨍- 소리에 놀란 아이들이 하나둘 눈을 뜨고 가운데 놓인 숟가락을 바라보았다.

"자, 이건 과연 어디에 쓰는 물건일까?"

갑작스러운 상황극에 아이들이 어떻게 반응할지 몰라 눈치만 살폈다.

"오늘의 미션은? 오늘 처음 본 이 물건의 용도 알아맞히기."

"밥 먹는 거잖아요?"

학수가 불쑥 숟가락을 집어 들고 말했다.

"아니, 밥 먹는 건 우리가 지금 쓰고 있는 방법이고, 구석기시대엔 그거 말고 다른 용도를 떠올렸을 거야. 지금부터는 우리가 알고 있는 숟가락의 용도 외에 다른 쓰임을 한번 떠올려 보자. 대신 지금부터 다른 사람들은 절대 친구 의견을 비웃거나 놀리기 없기. 순서는 아까 정했지? 학수부터."

마침 숟가락을 들고 있던 학수가 이리저리 살피며 열심히 머리를 굴렸다.

"쉽게 생각해봐. 학수라면 이 물건을 어떻게 사용할까?"

"음. 삽이요! 이렇게 들고 땅 파는 데 쓸 것 같아요."

학수의 말에 아이들이 그럴 수 있겠다는 듯 고개를 끄덕였다.

"맞아, 삽으로 쓸 수 있겠다. 예전에 어떤 영화에 숟가락으로 땅을 파서 탈출한 죄수 얘기도 있었지? 다음은 현규."

선생님과 친구들의 반응에 으쓱해진 학수가 의기양양한 표정으로 현규에게 숟가락을 넘겼다.

"무기요. 사람 때릴 때."

현규가 굳이 학수를 보며 말했다.

"그래, 그럴 수도 있지. 여기 동그란 부분으로 머리를 콩 때린다던지?"

순순히 받아주는 유정의 태도에 오히려 민망해진 현규가 이번엔 숟가락을 옆자리 수연에게 건네주었다.

"거울로 쓸 수 있을 것 같아요. 여기 얼굴이 비치니까."

수연의 말에 혜영이 울상을 지으며 유정을 바라보았다.

"어? 그거 내가 하려고 그랬는데."

"그래? 그럼 혜영이는 좀 더 생각해보고, 다음은 상태."

"저는 장난감이요. 여기 동그란 데 돌을 올리고 탁 튕겨서 골인시키는."

역시 장난을 좋아하는 상태다운 발상이다.

"비녀로 쓸 수 있어요. 머리에 이렇게 꽂으면!"

민주가 시범까지 보여주며 숟가락 비녀 사용법을 설명해주었다. 현란한 비녀 꽂기 솜씨에 남자아이들의 입이 떡 벌어졌다.

"남자는 못 하잖아. 반칙이네."

"그럼 광재는 뭐로 쓰고 싶은데?"

"이름표요. 여기 이름 써서 앞주머니에 꽂고 다니면."

기발한 광재의 발표에 아이들의 표정이 덩달아 환하게 밝아졌다.

"땅에 꽂아서 식물 이름 써놓는 팻말이요!"

"문고리에 걸어서 고정시키는 자물쇠."

"노래할 때 마이크로 써요!"

"야! 그건 너나 그러지!"

"머리빗이요! 이 끝으로 빗어도 되지 않나?"

"동그랗게 전 부칠 때 써요!"

"그건 그냥 숟가락 아니냐?"

"선생님, 이쯤 되면 밥 먹을 때 쓰는 거 알지 않았을까요?"

원국이의 말에 아이들이 일제히 웃음을 터뜨렸다.

"맞네, 원시인들이 바보도 아니고."

상태의 말에 또 한 번 웃음이 터지고, 어느새 수업이 끝나는 종소리가 울렸다.

"오늘의 미션 성공!"

"에? 오늘 미션이 뭐였는데요?"

"우리 마음속 편견 깨뜨리기!"

유정의 설명에 아이들이 알 수 없는 표정을 지었다. 신나게 웃고 떠드는 사이 굳게 갇혀 있던 생각들이 아주 조금 깨어났다는 것을 아마 지금은 잘 느끼지 못할 것이다.

"그럼 다음 시간에 보자!"

"다음에도 이런 거해요?"

"왜? 다른 거 할까?"

"아니요! 맨날 이런 것만 해요!"

솔직한 상태의 말에 유정의 얼굴에도 웃음이 피어올랐다. 숟가락 하나가 가져온 작은 변화. 다음 시간이 기대된다는 듯 교실을 떠나는 아이들의 재잘거림이 한동안 멈출 줄을 몰랐다.

"선생님, 아까 여기서 막 노랫소리 나던데? 뭐 했어요?"

"우리도 하면 안돼요? 민주가 엄청 재밌었다던데."

각자 동아리 활동을 마치고 반으로 돌아온 아이들이 교탁 주변으로 몰려와 궁금증을 풀어놓았다. 빨리 이 아이들에게도 글쓰기의 즐거움을 알려주고 싶다는 생각에 유정의 마음이 또 급해지기 시작했다.

그 남자, 그 여자의 사연

초등학교 교실 안에서 반 아이들 사이에 존재하는 미묘한 권력 구조와 서로를 향한 애정전선을 가장 잘 파악할 수 있는 시간이 있다. 자유로운 대화와 발표가 허용되는 국어 시간. 아무런 구속 없이 자유롭게 보내는 시간엔 선생님의 시선이 파고들 자리가 없다. 반대로 너무 많은 것들을 외우고 풀어야 하는 수학이나 사회 시간엔 아이들이 차마 자신의 마음을 표현할 여유가 없다.

"자, 그럼 다음은 누가 은유법을 써서 문장을 만들어 볼까?"

교과서에 나오는 비유법의 종류. 아이들에겐 그저 시험을 위해 암기해야 하는 지루한 국어 공식에 지나지 않는다.

"아무도 없어?"

6학년 교실의 발표 가뭄은 이미 익숙한 현상이다.

"좋아! 그럼 오늘 최고의 발표자는 숙제 면제권!"

"한 장이요?"

"한 장! 근데 오늘 숙제 양이 장난 아닐걸?"

이쯤 되면 교사도 오기가 생긴다. 숙제 면제권의 가치를 높이기 위해 다시 숙제는 많아지고, 이게 바로 시장경제의 악순환인가? 그래서 피해를 보는 건 늘 성실한 모범생들 쪽이다.

"저요!"

오늘만큼은 피해를 보고 싶지 않다는 듯이 여기저기서 분주한 움직임이 포착되었다.

"선생님은 천사다. 우리를 위해 숙제 면제권을 베풀어 주시니까."

"좋아! 통과!"

"학교는 지옥이다. 지옥 같은 시험과 지옥 같은 수행평가를 해야 하니까."

"그래! 너희한테는 그럴 수 있지."

학교가 지옥이라는 생각. 시험과 수행평가만 없으면 무슨 일이든 할 수 있을 것 같다는 희망. 세상에서 가장 진지한 표정으로 자신들의 불행함을 드러내고 있는 이 아이들이 때론 참 안쓰럽게 느껴진다.

"선생님, 저요!"

교실에서 입 가볍기로 유명한 세호가 손을 들었다. 오죽하면 별

명이 비밀자판기일까.

"그래, 세호가 해볼래?"

"손광재는 로맨티스트다. 한혜영한테 차이고도 또 새벽에 카톡을 보냈으니까."

정확히 은유법을 따르는 세호의 폭로전에 아이들의 눈이 처음으로 반짝였다.

"오~ 진짜? 뭐라고 보냈는데?"

궁금한 아이들이 여기저기서 세호를 채근했다.

"아이씨, 유세호! 죽는다, 너!"

광재의 표정이 심상치가 않다. 혜영이라면 글쓰기싫은부에 있던 5반 친구인 것 같은데, 유정이 머릿속으로 얼른 혜영이와 광재의 모습을 떠올렸다. 그러고 보니 정말 두 사람이 좀 어색했던 것 같기도 하고……

"자, 자!! 은유법은 맞는데, 허락 없이 남의 비밀 가져다 쓰면 못 쓰지!"

사실 세호라면 그 전에도 여러 아이들의 비밀연애나 가슴 아픈 짝사랑을 무참히 폭로해버린 전적이 있었다. 그 덕에 유정도 알지 말아야 할 아이들의 비밀을 여러 건 알게 되었다. 예를 들면 현규가 작년에 수연이와 잠깐 사귀었던 건이나, 올해 초부터 학수가 수연이에게 열심히 구애의 메시지를 보내고 있다던가 하는.

"자, 오늘 수업은 여기까지 하고, 6교시는 동아리 활동 시간인 거 알지? 다들 내 눈 피해 딴짓할 생각하지 말고 수업 열심히 들어! 선생님 눈은 전교에 달려 있다!"

유정의 말에 아이들이 하나둘 교실을 나섰다. 모두가 분주하게 움직이는 시간, 아까 세호의 폭로로 기분이 나빠진 광재와 오늘 하루 종일 저기압인 현규로 인해 오늘 동아리 활동도 쉽지는 않을 것 같다.

"쌤, 하이~!"

2반 상태가 가벼운 인사로 무거운 분위기를 깨뜨렸다.

"어서와, 민주랑 혜영이도 왔네?"

혜영이가 5교시 일을 벌써 전해들은 것인지 광재 쪽으로는 눈길도 주지 않았다.

"자, 다들 온 것 같은데, 오늘은 영상 하나 보면서 시작해 볼까?"

영상이라는 말에 아이들의 얼굴에 화색이 돌았다. 교실에서 제일 싫어하는 활동이 쓰기, 그다음은 읽기, 듣기와 보기는 그나마 편안한 활동이라 인기가 많다.

아이들에게 틀어준 화면 속에 한 남자의 뒷모습이 등장했다. 눈길을 쓸쓸히 혼자 걷는 남자. 다음 장면에서 눈 위에 무릎을 꿇고 오열하는 남자의 모습이 이어졌다. 다음 장면은 나란히 걷고 있는 중년 여자와 고등학생 남자였다. 두 사람이 식당에 마주 앉아 말

없이 국수를 먹고 있다. 그러다 잠시 고개를 드는 남학생, 남학생이 아련한 눈빛으로 중년 여자를 가만히 바라본다.

"자, 방금 본 화면은 각각 다른 두 영화에 나오는 장면들이야. 근데 오늘 선생님이 왜 저 부분만 따로 편집을 해 왔을까?"

유정의 질문에 아이들이 대답 없이 고개만 갸웃거렸다.

"우리 답답하라고."

정적을 깨는 원국의 한마디. 아이들이 피식 웃다가 이내 유정의 눈치를 살폈다.

"오. 예리한데? 정답이야! 너희 답답하라고. 바꿔 말하면, 너희 궁금하라고."

이번에도 아이들의 표정에 더 깊은 물음표가 새겨졌다. 유정이 그런 아이들의 표정을 읽은 듯 칠판에 크게 물음표를 그렸다.

"세상의 모든 창조는 바로 여기서 시작되지. 우리 지난 시간엔 익숙한 물건에 물음표를 던져 봤어. 우리가 잘 알고 있는 숟가락으로. 다들 기억나지? 그때 그 물음표를 오늘은 사람한테 던져 보는 거야."

유정이 마우스를 클릭하자 TV에 다시 첫 번째 남자가 나타났다.

"아저씨네."

아이들 눈에는 영락없는 동네 아저씨의 뒷모습이다.

"누구처럼 실연당했나?"

원국이 키득거리며 광재를 쳐다보았다.

눈 위를 걷던 남자가 털썩 무릎을 꿇고 주저앉아 울기 시작한다. 보는 사람까지도 숙연해지게 만드는 슬픈 풍경이다. 유정이 스페이스바를 톡 건드려 화면을 정지시켰다. 이번에는 또 무슨 미션이냐는 듯 아이들이 궁금한 표정으로 유정을 쳐다보았다.

"아마도 이 남자에게 말 못할 슬픔이 있는 것 같지? 어떤 사연이 있을까?"

"쌌네. 쌌어."

이번엔 원국이다. 픽 하고 터지는 여자아이들의 웃음에 원국이가 만족스럽게 어깨를 으쓱해 보였다.

"바지에?"

"네, 표정이 딱 그런데요?"

"근데 왜 울고 있을까?"

"쪽팔리는 거죠."

"주위에 아무도 없는데?"

유정의 집요한 질문에 원국이 잠시 생각에 잠겼다. 그 표정에 동화된 아이들도 어느새 진지한 표정으로 원국이의 입만 쳐다보고 있다.

"아!! 지하철역, 지하철역에서 갑자기 똥이 너무 마려 왔던 거예요. 근데 화장실을 찾다가 바지에 똥을 싸버린 거죠. 지금 그 생각이 나서 울고 있어요."

엄청난 논리에 자신도 감동스럽다는 듯 원국이 흥분한 목소리로 말했다.

"재밌는 상상이네, 다 같이 떠올려볼까? 아침에 출근을 하려고 지하철을 탄 거야. 이 아저씨 복장 보니까 은행원이나 회사원이었겠네. 너희 만원 지하철 뉴스에서 본 적 있지? 엄청 꽉 끼는 지하철 안에서 이리저리 흔들리고 있는데……!!"

이야기를 듣고 있는 아이들의 표정에 순간 생생한 긴장감이 스쳤다.

"배가 살살 아파 오기 시작한 거야. 한 번 옆으로 흔들릴 때마다 찌릿찌릿. 쿡쿡. 그러다 결국 못 참고 지하철에서 내렸어. 화장실을 찾으면서 걸어가는데 그만."

"뿌지직!! 아니다. 줄줄~~~."

원국이 알아서 유정의 이야기를 마무리했다.

"창피한 남자는 회사고 뭐고 일단 밖으로 나왔어. 밖에 눈이 하얗게 쌓여 있는데, 그 길을 걸으니까 갈색 똥 자국이 따라오네? 하는 수 없이 그 자국이 끊길 때까지 달리기로 한 거야. 달리고 또 달리고, 그러다 보니 아무도 없는 공터에 도착했어. 주위를 둘러보니 아무도 없긴 한데, 이제 회사는 어떻게 가나. 지하철은 또 어떻게 타나, 진짜 절망스러운 마음인 거지."

유정이 이야기를 끝냄과 동시에 스페이스바를 톡 건드렸다. 화면 안에 남자가 다시 어깨를 들썩이며 울기 시작한다.

"어떻게 해……. 안됐다."

민주가 진심으로 안됐다는 표정을 지으며 남자를 쳐다보았다. 어느새 아이들이 원국이의 이야기에 완전히 빠져 있다.

"그럼 이번엔 이 사람들 이야기를 들어 볼까?"

이어지는 화면에 아까 그 중년 여자와 남학생이 등장한다. 두 사람 사이에 놓여 있는 국수 두 그릇, 여자가 후루룩 소리를 내며 국수를 먹는 사이 남고생의 시선이 가만히 여자에게 머문다. 그 장면에서 STOP!

"잘생겼지?"

뜬금없는 취향 고백에 피식 터지는 웃음. 한껏 편안해진 분위기 덕분에 다들 저마다의 상상에 빠져들었다.

"이번엔 어떤 사연일까?"

"엄마 아빠가 이혼을 하신 것 같아요. 어릴 때 헤어진 엄마를 오늘 처음 만났고, 두 사람한테는 시간이 얼마 없어서 엄마를 잘 봐두는 거예요."

"오올~ 조수연!"

원국이 대놓고 수연을 치켜세웠다.

"말도 안 돼. 저런 아들이 어디 있냐."

"광재 경고! 다른 사람 의견에 비판은 금물이랬지?"

"아니, 그게 아니고요."

입이 툭 튀어나온 광재가 불만스럽게 유정의 시선을 피했다.

"좋아. 그럼 이번엔 광재가 말해봐."

"네? 제가 왜요."

"뭐야, 자기는 자신도 없으면서 다른 사람 의견을 비난한 거야?"

"아니요!!"

유정의 말에 광재가 갑자기 발끈하며 옆에 앉은 현규의 눈치를 살폈다.

"그래. 그럼 오늘은 광재가 마지막 스토리텔러."

"엥? 그건 또 뭔데요?"

갑작스런 호칭에 광재가 어색한 표정을 지었다.

"영어 몰라? 스토리, 이야기, 텔러, 말하는 사람. 이야기를 하는 사람이잖아."

민주의 명쾌한 정리에 혜영이 옆에서 피식 웃음소리를 냈다.

"할게요. 해."

"그래, 들어볼까."

"두 사람, 딱 보니 불륜이예요. 엄마를 저렇게 쳐다보는 아들은 없거든요. 째려보면 째려봤지."

광재의 말에 남자아이들이 키득이며 공감의 눈빛을 주고받았다.

"저 아줌마는 남자애네 학교 선생님이에요. 뭐 음악이나 국어?"

"오. 그래서?"

갑작스런 로맨스에 아이들의 표정이 일제히 광재에게 쏠렸다.

"그냥 그렇다구요."

그 시선에 부담을 느낀 광재가 황급히 이야기를 끝내버렸다.

"에~이, 그러지 말고 좀 더 들려줘 봐. 근데 둘이 국수는 왜 먹고 있어?"

"몰라요. 제가 어떻게 알아요."

6학년 남자아이에게 섬세한 로맨스를 기대하는 건 아마 무리였나 보다.

"그럼 선생님이 이어볼까?"

"네!!"

첫사랑 이야기를 듣는 여고생들처럼 아이들의 눈빛이 호기심으로 반짝인다.

"광재 말대로 저 남자애가 선생님을 좋아하는 거야. 고등학교에 들어가서 국어 시간에 선생님을 처음 봤는데, 이상하게 자꾸 마음이 끌렸어. 사실 저 남자애는 엄마가 없어. 아빠랑 둘이 사는데, 아빠가 다음 달에 결혼을 하겠대. 새엄마가 생기는 게 너무 싫었던 남자애가 선생님한테 상담을 요청했어. 선생님이 국수를 사주겠다고 했고 일요일 약속만 기다리고 있는데, 토요일 날 우연히 아빠의 휴대폰을 보게 된 거야. 거기……. 뭐가 있었게?"

장난스럽게 묻는 유정의 말에 여자아이들이 설마 하는 표정으로 인상을 찌푸렸다.

"설마 그 선생님이 새엄마였다. 이런 건 아니겠지."

오늘 내내 입을 다물고 있던 학수가 말했다.

"오~ 제법인데?"

능청스러운 유정의 말에 아이들이 황당한 표정을 지었다.

"선생님 상상은 여기까지, 너희는 뭐 좋은 생각 있어?"

"그냥 확 자기 마음을 고백하고 싶은데, 차마 말을 못 하는 거죠. 선생님이고, 쪽팔리니까."

광재가 결국 하고 싶었던 이야기를 털어놓았다.

"꼭 누구처럼?"

원국이가 기다렸다는 듯 광재를 보며 히죽거렸다.

"원국이 경고, 자꾸 그럼 아까 똥 얘기는 원국이 경험담이라고 생각할 거야."

"아~~ 선생님, 변태!!"

때마침 수업이 끝나는 종이 울렸다. 언제 진지했냐는 듯 교실을 나가기 바쁜 아이들 사이로 천천히 가방을 집어 드는 현규가 눈에 들어왔다. 그러고 보니 오늘 하루 종일 목소리를 한 번도 듣지 못한 것 같다.

"현규야."

갑작스런 부름에 현규가 불만스러운 표정으로 눈을 치켜떴다.

"왜요?"

"왜요. 말고 네!"

"네, 왜요?"

"다음 시간에는 현규 목소리 좀 많이 들려줘."

"안녕히 계세요."

듣고 싶은 말은 절대 해주지 않는 청개구리. 어쨌든 오늘도 이렇게 아이들과의 하루가 무사히 지나갔다.

3단계 단어 퍼즐

"선생님, 저 허리가 아픈데 조퇴 좀."

점심을 먹은 뒤 다음 수업을 준비하고 있던 유정에게 현규가 다가와 말을 꺼냈다. 쭈뼛거리며 말끝을 흐리는 모습이 누가 봐도 꾀병 같다.

"갑자기 허리는 왜? 무슨 일 있었어?"

유정의 질문에 어느새 나타난 광재가 재빨리 말을 거든다.

"아까 복도에서 누가 좀 밀었거든요."

빈정거리며 말하는 모습이 고자질하고 싶어 죽겠다는 표정이다.

"누가?"

"있어요. 엄청 재수 없는 놈."

자기들끼리의 문제는 자기들끼리 해결하는 게 가장 남자다운 일이라는 듯, 꾹 다문 현규의 입술이 꽤 결연해 보인다.

"그래? 그럼 보건실부터 가봐야지. 선생님이 전화해 줄 테니까 좀 쉬어보고 그래도 아프면 5교시 끝나고 조퇴해. 괜찮지?"

친절을 가장한 냉정한 판단에 현규가 단념한 듯 한숨을 내쉬었다.

"그냥 있을게요."

허리를 부여잡고 걷는 폼을 보니 분명 아프긴 한 것 같은데, 이런 식으로 조퇴를 해놓고 PC방에서 발견된 적이 한두 번이 아니었다. 일하느라 바쁜 현규 엄마는 입이 열 개라도 할 말이 없다며 오히려 유정을 미안하게 만들었다. 그런 현규에게 담임으로서 할 수 있는 유일한 간섭은 수업 시간만이라도 학교에 잡아두는 일 뿐이었다.

"계속 아프면 꼭 얘기해! 참지 말고."

어느새 자리로 가서 엎드려 있는 현규에게 유정이 진심어린 걱정을 내뱉었다. 고집 부리느라 보건실도 안 갈 모양인데, 저러다 말겠지 싶으면서도 자꾸 신경이 쓰였다.

"어? 강찌질이다!"

그때 막 누군가 복도를 지나며 소리쳤다. 유정이 복도에 나가보니 범인은 이미 사라지고 없다. 누군가 받을 상처 따윈 자신들과 상관없는 일이라는 듯 아이들 몇몇이 키득이며 교실 안으로 몸을 숨겼다.

"진원아, 웬일이야? 아직 5교신데."

유정이 웃으며 진원을 바라보았다. 6학년 아이들에게는 전혀 기대할 수 없는 순수한 눈빛, 잠시 머뭇거리던 진원의 손에 노트 한 권이 들려 있었다.

"저, 이거……"

노트 맨 앞에 〈글쓰기싫은부〉라는 제목이 붙어 있다. 유정이 얼른 노트 한 장을 넘겨보았다.

'숟가락의 용도 : 거울, 삽, 팻말, 장난감, 무기, 도장(사물에 물음표를 던지는 것).'

동아리 시간에 유정과 했던 활동이었다. 놀란 유정이 진원을 쳐다보니 진원이 다음 장을 넘겨보라는 듯 노트를 힐끗거렸다. 다음 장을 넘기자 지난 시간에 보여줬던 장면들이 간단히 묘사되어 있다. 그리고 그 아래에 진원이 이어 쓴 이야기가 보였다.

"선생님이 생각해보라고 하셔서 혼자 써 봤는데, 보여드리고 싶었어요."

"어떻게 이런 생각을 했어. 선생님이 시킨 것도 아닌데."

유정의 말에 진원이 쑥스러운 듯 배시시 웃었다.

"근데 이건 진짜 잘 썼다! 꼭 진짜 영화 내용 같아."

"감사합니다. 저, 동아리 활동 진짜 재밌어요."

진원이 말했다.

어린아이처럼 순수한 표현에 그나마 남아 있던 걱정이 단숨에 사라졌다. 사실 그동안 말로만 도움을 주겠다고 하고 별다른 관심을 주지 못했었는데, 생각지도 못한 선물을 받은 듯 가슴이 벅차올랐다.

5교시가 끝나고, 아이들이 하나둘 교실로 들어왔다. 이제 아이들 표정에서 첫날 있었던 걱정이나 긴장감은 전혀 찾아볼 수가 없었다. 아직 100%는 아니지만 어느 정도는 궁금하고, 아주 조금은 기대된다는 표정. 5교시 내내 자리에 엎드려 미동조차 없던 현규도 그나마 조금 괜찮아진 듯 뚱한 표정으로 고개를 들었다.

"쌤, 저 생각해 봤는데요, 지난번 그 사람들 사실 가족 아닐까요?"

생각지 못한 상태의 발언에 아이들이 어느새 행동을 멈추고 귀를 기울였다.

"그 정도로 괴로워하려면, 부인이랑 아들한테 엄청나게 큰 잘못을 저질렀나 보죠."

"바람피웠네!"

원국이 신이 나서 말을 이었다.

"그럼 그 고등학생이 아들이야?"

혜영이 이해할 수 없다는 듯 물었다.

"아빠가 바람피웠다고 엄마를 그렇게 봐? 뭔가 더 사연이 있는 표정이었는데."

옆에서 조용히 중얼거리는 민주.

"그치? 친엄마 보는 눈이 아니었지?"

다시 상태가 생각에 잠긴다. 아이들이 스스로 시작한 이 추리의 끝은 어디일지, 새삼 궁금한 마음이 들었다.

"바람피운 게 아빠가 아니라 엄마였나 보지."

교실 한쪽에서 낯선 목소리가 들려왔다. 학수 옆에 앉아서 웬만하면 입을 잘 열지 않는 태광이다.

"근데 왜 아빠가 괴로워해?"

상태의 질문이다.

"아들이 자기 아들이 아니니까."

"뭐?"

"태광아, 계속 얘기해 볼래?"

"남자가 그걸 혼자 알아버린 거예요. 말은 못하고, 풀 데는 없고, 그러다 아들도 그 사실을 알게 된 거죠. 아빠가 친아빠가 아니라는 거. 엄마한테 그걸 물어볼까 말까 고민하고 있는 거 같아요. 그냥 제 생각이지만."

태광이의 놀라운 추리에 아이들 입이 떡 벌어졌다.

"뭐야 너희, 진짜 무슨 작가들 같은데?"

유정이 진심으로 아이들을 칭찬해 주었다. 따로 과제를 내준 것도 아닌데 알아서 복습까지 하고 있다니, 물음표의 힘이란 이렇게 놀랍고 대단한 것이다.

"선생님, 시작은 제가 했어요!"

"그래. 상태도 대단해! 그럼 우리 그때 그 영상 다시 한 번 보고 시작할까?"

화면에 영상이 재생된다. 지난번과는 사뭇 다른 아이들의 표정. 열 명의 머릿속에 각기 다른 이야기들이 조용히 재생되고 있다.

"우와. 신기해."

영상이 끝나자 민주와 혜영이 서로를 마주보며 놀랍다는 듯한 표정을 지었다.

"뭐가?"

"듣고 보니 진짜 그런 것 같아서요."

혜영의 말에 아이들이 별다른 반박을 하지 않는 걸 보니 모두 비슷한 감정을 느낀 모양이다.

"근데 선생님, 이거 진짜 무슨 내용이에요?"

광재가 문득 궁금하다는 듯 물었다. 아이들의 시선이 일제히 유정을 향한다.

"너희 수업 잘하면 나중에 알려줄게!"

"에~이 뭐예요! 우리 진짜 열심히 맞췄는데."

"안 돼, 저 영화 19금이야."

그 말에 더 격해진 남자아이들의 반응.

"보여줘! 보여줘!! 우리도 이제 알 거 다 알아요!"

"뭐야!! 저질. 선생님 보여주지 마요!"

이럴 땐 또 여자아이들이 선생님 편이다.

"자, 그럼 오늘의 미션!!"

유정이 분위기를 정리하려는 듯 교탁 위에 있던 무언가를 번쩍 집어 들었다.

"국어사전이잖아요."

"사전 찾기, 이런 거 아니죠?"

"아니지, 우린 그냥 이걸로 미션 몇 개만 할 거야."

"몇 개요? 왜 오늘은 더 많아요?"

무슨 미션인지 듣기도 전에 일단 몇 개라는 말에 거부 반응이다.

"딱 세 개! 오늘의 미션은 3단계 퍼즐 통과하기!"

"퍼즐? 나 어릴 때 해보고 안 해봤는데."

혜영이 말했다. 어쩐지 흥미를 끄는 퍼즐이라는 말에 아이들이 어느새 미션 설명을 기다리고 있는 눈치다. 그런 아이들을 잠시 바라보다가 유정이 국어사전을 들고 가 진원에게 내밀었다.

"자, 아무 데나 펼쳐서 단어 하나만 읽어줄래."

갑작스러운 지목에 당황한 진원이 머뭇거리며 사전을 받아들고 소심하게 앞부분을 살짝 펼쳐들었다.

"아무거나요?"

"응, 눈에 보이는 단어 아무거나."

"금방."

"자, 그럼 오늘의 첫 번째 퍼즐! 금방이라는 단어가 들어가는 문장 만들기!"

"아, 뭐예요! 그게 무슨 퍼즐이라고."

광재가 속았다는 표정으로 투덜거린다.

"광재, 퍼즐이 뭔지 모르는 구나! 누구 휴대폰 있는 사람, 퍼즐 좀 검색해 볼래?"

말이 끝나자마자 상태가 손을 번쩍 들었다.

"저요!! 제!! 퍼즐. 어려운 문제 또는 생각하게 하는 문제. 어? 퍼즐은 그거 막 조각 맞추는 거 아니었어요?"

"어때? 이것도 퍼즐 맞지?"

유정의 말에 할 말이 없어진 광재가 괜히 책상 아래를 발로 툭툭 건드렸다.

"자, 그럼 시간이 없으니까 다들 일어서! 여기 앞에 책상 좀 뒤로 밀어 보자."

갑작스런 자리 이동이 이젠 익숙하다는 듯 아이들이 하나둘 일어나 책상을 밀기 시작했다. 그 틈에 유정이 빨간색 테이프로 교탁 가운데서 칠판까지 선을 죽 그었다.

"38선인가요?"

상태의 입은 한시도 쉬지를 않는다. 어중간하게 서 있는 아이들을 모두 운동장으로 향해 있는 창문 쪽에 앉혔다.

"자, 지금부터 미션 통과한 사람만 저쪽으로 이동."

"가면 뭐하는 데요?"

"3단계 통과하면 집에 보내주지."

집이란 말에 아이들의 눈이 동시에 반짝였다. 아무리 재미있는 수업이라도 아직은 집이 더 좋을 나이이다.

"금방 진원이가 뭐라고 했지?"

"금방이요."

"자, 선생님은 1단계 통과, 누구 해볼 사람?"

유정이 빨간색 선을 넘어 교실 앞문 쪽으로 이동했다. 그사이 원국과 수연의 손이 동시에 올라간다. 수연이의 얼굴을 보고는 슬쩍 내려가는 원국이의 손.

"원국이 잊어버렸어?"

"아니요. 레이디퍼스트요."

느끼한 말에 아이들의 표정이 동시에 일그러졌다. 그런 반응이 익숙하다는 듯 원국이 수연을 보며 쑥스럽게 웃어 보인다.

"좋아, 그럼 수연이부터."

"이제 금방 여름이 올 것 같다."

수연이답게 기분 좋은 문장이다.

"통과! 다음은 원국이."

"아. 금방 생각났었는데…… 어? 나 방금 금방이랬지?"

"원국이도 통과!"

수연과 원국이 쉽게 미션을 통과하자 다른 아이들의 표정이 초조해지기 시작했다.

"나도 금방 어른이 되겠지."

"금방 시작한 수업이 벌써 끝나간다."

유독 어른을 기다리는 광재의 문장과 진원이의 속 깊은 문장.

"금방 끝날 것 같던 수업이 아직도 안 끝났다."

오늘 처음 입을 연 학수의 제법 괜찮은 문장. 태광이, 상태, 진원이, 민주, 혜영이까지 발표가 끝나고 이번엔 모두 앞문 쪽에 섰다. 마지막 남은 인원은 현규 한 명뿐.

"현규는 오늘 허리도 아픈데, 할 수 있겠어?"

유정의 말에 현규가 귀찮은 듯 고개를 돌렸다.

"다음부터 할게요."

"그래, 약속했다! 그럼 이번엔 두 번째 미션, 이번엔 단어 두 개로 문장을 만들어 보는 거야. 국어사전 누가 펴볼래?"

"저요, 저요!!"

질문을 할 때마다 손을 들어주는 상태 덕분에 생각보다 빠르게 수업이 진행되었다.

"저 진짜 아무 단어나 막 불러요! 어디 보자……. 문방구! 저축!"

"뭐야!! 선생님 단어 바꿔요!"

혜영이 원망스럽게 상태를 흘겨보았다.

"그럼 선생님부터, 문방구에 가지 않고 저축을 하면 부자가 될 수 있다."

유정이 가볍게 반대쪽으로 넘어가자 아이들의 표정이 더 분주해졌다.

"저요! 문방구 아저씨는 저축왕이다."

이번엔 광재가 1등.

"엄마가 저축하라고 주신 돈으로 문방구에 갔다."

경험에서 우러나온 상태의 문장이다.

"문방구에 가는 것보다 저축이 더 좋다."

"문방구에도 저축을 할 수 있는 저금통을 판다."

발표도 딱 붙어서 하는 혜영이와 민주의 문장. 이어서 수연이와 학수, 태광이, 진원이와 원국이까지 모두 반대쪽으로 넘어왔다. 그리고 다시 현규의 차례.

"이번엔 할 거지?"

어색하게 서 있던 현규가 여전히 땅을 바라보며 입술을 깨물었다. 가만히 현규의 문장을 기다리고 있는 아이들.

"저축하는 것보다 문방구가 더 좋다!"

광재가 슬쩍 문장 하나를 알려주었다.

"손광재 다시 넘어갈까?"

"아니요! 잘못했어요. 쌤."

다시 조용해진 교실. 현규가 한참 만에 겨우 입을 열었다.

"저축을 하면 문방구를 살 수 있다."

"오케이, 통과!!"

생각보다 제대로 된 문장에 유정이 기쁜 목소리로 외쳤다.

"자, 다들 시계 한번 볼까?"

아이들이 일제히 벽에 걸린 시계를 바라보았다.

"지금 2시 15분이니까 수업 끝나려면 아직 15분이나 남았어."

"어? 그럼 이제 3단계니까 통과하면 진짜 바로 집에 가요?"

광재가 못 믿겠다는 듯 유정을 똑바로 쳐다보며 물었다.

"그럼! 선생님이 약속은 꼭 지킨다니까. 대신 이번엔, 단어 3개!"

"국어사전은 누가 펼쳐요?"

"저요, 저요!!"

자기에게 유리한 단어를 먼저 선택하기 위해서 아이들의 발표 의지가 오랜만에 불타오른다.

"좋아. 이번엔 각자 펼치기! 대신 단어는 선생님이 골라줄게. 누구부터 해볼까?"

역시 상태가 1등으로 나와 국어사전을 받아들었다.

상태의 단어는 연탄, 낙서, 비누.

"연탄배달을 하러 가는데……. 낙서를 했고, 아……. 잠시 만요. 일단 딴사람부터."

상태가 절망스럽게 말하고는 터덜터덜 자리로 돌아갔다.

다음은 원국이다.

서점, 배려, 맹세.

"음……. 순서 바꿔도 되죠?"

"그럼! 당연하지."

"엄마를 배려해서 시험을 잘 보겠다고 맹세했고, 음. 서점에 가서 문제집을 샀다!!"

원국이 자기도 모르게 문장을 마무리 짓고는 감동한 표정으로 유정을 쳐다보았다.

"우와! 한 번에 성공! 원국이 통과!"

원국이 보란 듯이 선을 훌쩍 뛰어넘어 나머지 아이들에게 손을 흔든다.

"바이. 이 형은 먼저 간다!"

그 모습을 본 아이들의 표정이 더 초조해진다. 다음은 민주 차례.

"몸무게, 도서관, 붕어"

이번에는 다른 아이들까지 머릿속으로 문장을 만들어 내느라 정신이 없다.

"머리는 붕어인 정민주 몸무게가 도서관보다 무겁다니, 오 마이 갓."

여자아이들 놀릴 때만큼은 상태의 머리가 획획 잘도 돌아간다.

"몸무게를 재는 시간에 도서관으로 가서……. 아, 선생님! 상태 혼내주세요!"

괜히 상태 평계를 대며 민주가 다시 뒤로 걸어갔다.

다음 학수는 낚시, 기침, 인구.

"낚시를 하러 갔다가 너무 많은 인구를 보고 놀라 기침이 나왔다."

한 번에 통과, 다음은 수연이의 단어. 미래, 명함, 비닐. 집에 간 줄 알았던 원국이 어느새 다시 돌아와 책상에 걸터앉아 있다.

"길가에 놓여 있던 검은 비닐 안에서 미래의 내가 나오더니 소아과 의사 조수연이라고 적힌 명함을 건넸다."

"오올, 쩐다!"

진심이 담긴 원국이의 칭찬에 수연이 발그레해진 얼굴로 입술을 다물었다.

다음으로 혜영이, 광재, 진원이의 발표가 이어졌다. 그리고 문제의 현규 차례.

"나뭇잎, 여우, 잠자리."

잠시 망설이던 현규가 별 고민 없이 입을 연다.

"여우가 잠자리를 나뭇잎에 싸 먹었다."

"어우, 잔인해."

민주와 혜영이가 유정의 마음을 대변해주었다. 나뭇잎 위에 앉아 있는 걸 그냥 잡기만 할 것이지 싸 먹긴 왜 싸 먹어. 구박하는 말이 턱 끝까지 올라왔지만 아픈 현규를 배려해서 통과를 외쳤다. 그래도 군말 없이 참여해주니 고마울 따름이다.

다음은 태광이 차례.

마을, 맨발, 존재.

단어를 모두 듣고 난 태광이의 얼굴이 당황으로 일그러졌다.

"어려우면 좀 더 고민해 볼래?"

태광이가 고개를 끄덕이더니 아이들 뒤로 돌아가 초조하게 시계를 바라보았다. 때마침 수업이 끝나는 종이 울리고, 상태가 기다렸다는 듯 앞으로 튀어나왔다.

"연탄 배달을 하다 연탄으로 얼굴에 낙서를 했는데 비누를 써도 지워 지지 않았다!"

"통과!"

"아~ 나 한참 전에 생각했는데."

상태가 아쉬워하며 교실을 나가고, 나머지 아이들도 종소리와 함께 돌아가 버렸다. 이제 교실에 남은 건 민주와 태광이, 그나마 혜영이가 남아서 민주를 기다리고 있다.

"저 할게요! 몸무게를 재는 날, 창피해서 도서관으로 도망갔는데, 도서관에 새로 들어온 붕어를 보았다!"

"오케이! 민주도 통과, 이제 태광이만 남았나?"

빈 교실에 태광이와 단둘이 남고 보니 새삼 교사와 제자 사이에도 어색함이 느껴진다. 그냥 보내주면 안 되겠냐는 듯 유정을 바라보는 태광이의 눈빛이 애처롭다. 하지만 약속은 약속이니까.

"생각해봤어? 마을, 맨발, 존재."

여전히 떠오르지 않는 듯 태광이가 괜히 땅만 노려보고 있다.

"머릿속에 그 단어를 상상해 보는 거야. 사람들이 북적이는 마을, 그곳에 누군가의 맨발."

그렇게 30분 같은 3분이 흘렀다. 6교시의 아이들은 선생님이 하교 시간을 1분만 더 넘겨도 한 시간 벌을 받은 것처럼 예민하게 군다. 아까부터 머릿속에 떠오른 문장으로 그냥 힌트라도 줘버릴까 생각하고 있는데, 태광이가 주저하며 입을 열었다.

"저…… . 다음 주까지 생각해오면 안 될까요?"

너무 조심스러운 목소리에 차마 거절을 할 수 없어 고개를 끄덕이고 말았다.

"안녕히 계세요."

꾸벅 인사를 하고 나가는 뒷모습이 오늘따라 더 낯설게 느껴졌다.

7

생각 낙서하기

다시 돌아온 목요일 6교시.

일주일 내내 지난주에 그렇게 가버린 태광이가 계속 신경이 쓰였다. 복도나 급식실에서 한두 번 마주친 적도 있었는데, 그럴 때마다 어찌나 빨리 사라져 버리던지…….

그날 일은 언급 한 번 해보지 못한 채 또다시 목요일이 돌아왔다. 어느새 정이 들어 버린 아이들과 반갑게 눈인사를 나누며 칠판 앞에 섰다. 혼자만 과제를 받아들고 갔던 태광이는 여전히 불편한 듯 유정의 시선을 피하고 있다.

"오늘은 선생님이 들려줄 이야기가 있어."

이야기란 말에 눈을 반짝이는 건 1학년이나 6학년이나 마찬가지이다.

"한 아이가 있었어. 어릴 때 너무 가난해서 판잣집에 살 정도였는데, 고등학교 때 혼자 미국 유학을 떠나서 20대에 사업을 시작했지. 그리고 50대에는 자산 17조의 세계 최고 IT투자 기업 회장이 되었대."

"우와, 대박!!"

역시 아이들의 시선을 끄는 데는 돈만 한 게 없다.

"그 비결이 뭐였을 것 같아?"

"글쎄요. 어디서 로또라도 맞았나?"

"짠, 이게 뭐게?"

유정이 손에든 물건을 가슴 앞으로 들어올렸다.

"전자사전이요!"

"맞아, 선생님이 지금 얘기한 사람이 가장 잘하는 게 있었는데, 그게 바로 발명이었어. 이 전자사전의 시작이 바로 이 사람이 만든 음성 전자 번역기야."

"오~ 그럼 그걸로 돈 번 거예요?"

"아니, 이 사람은 전자사전 말고도 1년에 무려 250개의 발명품을 개발해냈어. 지금 선생님이 말하려고 하는 바로 이 방법으로."

"아, 답답해. 뭔지 그냥 말해주면 안 돼요?"

"매일 했던 습관 같은 건데."

"독서? 아님 일기쓰기?"

"너희도 해봤고, 빠르면 5분 안에도 할 수 있는 거."

"5분이면……. 양치? 명상!!"

갖가지 오답 퍼레이드 뒤에, 유정이 칠판에 단어 세 개를 적는다.

독서, 양치, 명상

"자, 이제 알겠지?"

"어? 단어 퍼즐!! 지난 시간에 했잖아요."

상태가 신이 나서 정답을 외쳤다.

"맞아. 단어 카드 조합하기. 먼저 300여 가지 물건의 낱말 카드를 만들고, 매일 아침 3장의 카드를 뽑아서 단어를 조합해 보는 거야. 그러면 새로운 아이디어가 생기고, 그게 발명으로 이어질 수 있었던 거지."

"우와. 그럼 우리도 17조 벌 수 있는 거예요?"

역시나 돈에 관심이 많은 원국이가 묻는다.

"글쎄, 지금부터 하면 170억은 벌 수 있지 않을까?"

유정의 말에 아이들이 피식 코웃음을 치면서도 무언가 결연한 표정을 지었다.

"자, 그럼 오늘은 숙제부터 확인!"

"숙제요? 그런 거 없었는데?"

궁금해 하는 아이들 사이로 태광이의 얼굴이 빨갛게 달아올랐다.

"태광아, 잊어버린 건 아니지?"

태광이가 미적미적 자리에서 일어나 주머니에서 메모지 하나를 꺼내 들었다.

"지난 시간에 선생님이 바빠서 태광이 문장을 못 들었거든. 오늘 해 오기로 했으니까 같이 들어보자. 태광이 단어는 마을, 맨발, 존재."

"으악! 어려워!"

아이들이 전혀 이어지지 않는 세 단어에 일제히 고개를 저었다.

"한 마을에 항상 맨발로 다니는 여자아이가 있었습니다. 사람들은 그 아이의 존재를 잘 알지 못했고, 어느 날 그 아이가 사라져 버렸습니다."

담담히 읽어 내려가는 문장이 유정과 아이들의 귀를 사로잡았다.

"어디서 베낀 거 아니야?"

광재가 못 믿겠다는 듯 태광이를 흘겨보았다.

"내가 쓴 거거든!!"

발끈하는 모습을 보니 아마 꽤 오래 고민을 한 모양이다.

"우와, 다음 내용이 궁금해지는데? 태광이 진짜 멋지다!"

과제의 부담에서 벗어난 태광이가 쑥스럽게 웃으며 유정을 바라보았다. 처음 보는 순수한 눈빛에 그동안 괜히 편견을 가졌던 것같아 미안한 마음이 들었다.

"자, 그럼 오늘도 시작해 볼까? 오늘의 미션은!"

유정이 이번에는 교탁 아래서 커다란 크기의 전지 한 장을 꺼내 들었다.

"으악! 설마 협동 작품?"

학기 초에 반별로 했던 협동 작품이 떠올랐나 보다. 합치면 하나가 되는 작은 그림들을 한 장씩 맡아 면봉으로 물감을 찍어 나타냈던 작품이었다. 면봉 찍기에 지친 아이들은 하나둘 포기를 선언했고, 결국 그 작품은 군데군데 여백을 드러낸 채 각 반 교실 뒤 게시판에 붙어 있었다.

"아니, 오늘은 협동 낙서!"

"엥? 진짜 낙서요? 또 무슨 주제 있는 건 아니죠?"

사사건건 의심하기 좋아하는 광재가 물었다.

"없어. 대신 조건은 있지. 욕설 금지, 비방 금지, 도배도 금지."

"우와, 쌤이 도배도 알아요?"

"알지 그럼! 이제 책상 밀고 종이 주변으로 둥글게 앉아 보자."

아이들이 일제히 일어나 책상을 뒤로 밀고, 전지 두 장을 펼쳐 놓은 주위로 둥글게 자리를 잡았다. 유정이 12색 사인펜을 꺼내 아이들에게 내밀었다.

"색 하나씩 골라. 나중에 제일 적게 쓴 사람은 남아서 책상 줄 맞추고 가는 거야."

아이들이 얼른 색깔을 하나씩 골라들었다. 대충 자리를 채우고 있던 현규와 학수도 각각 갈색과 하늘색을 골랐다.

"자, 그럼 시작!"

시작 소리에도 불구하고 누구 하나 섣불리 낙서를 시작하지 못한다. 늘 정해진 주제로만 글을 써왔던 터라 진짜 낙서를 해도 되는 건지, 분간이 안 가는 표정들이다.

"10분 있다가 하나도 없는 색깔 찾아낼 테니까, 다들 분발해!"

아이들이 그제야 뭉그적거리며 자세를 잡기 시작했다. 애써 어른 흉내를 내고 있지만 색색깔 사인펜을 들고 있는 모습이 영락없는 아이들이다.

"아, 선생님~ 뭐라고 써요! 우리 그냥 미션 하면 안돼요?"

하는 수 없이 유정이 아이들 사이를 비집고 앉았다.

- 너희는 왜 낙서를 못 하니?

아이들이 가만히 멈춘 채 유정의 낙서를 바라보고 있다.

- 교과서에는 그렇게 낙서를 해대면서.

어느새 빨간색 사인펜으로 낙서 하나가 완성된다.

"자, 이래도 안 해? 후회할 텐데."

유정의 시범에 서로 눈치만 살피던 아이들이 하나둘 펜을 집어 들었다.

"진짜 아무 말이나 쓰는 거 맞죠?"

- 아, 집에 가고 싶다.

원국이 스타트를 끊었다.

- 나도, 끝나고 피방이나 가야지.

　광재가 자기도 모르게 본심을 말하고는 슬쩍 선생님의 눈치를 살폈다. 유정이 혼내지 않겠다는 뜻으로 광재를 향해 싱긋 웃어 보였다.

- 우리 제라드 오빠 보고 싶다.

　민주의 말에 혜영이 얼른 답글을 단다.

- 맞아, 에이오비 짱!!
- 제라드 숨겨 놓은 아들이 있다던데,

초록색 낙서에 민주와 혜영이가 동시에 원국이를 흘겨보았다. 아이돌에 열광하는 여자아이들과 그 모습에 괜히 심통을 내는 남자아이들, 세상엔 시간이 흘러도 변하지 않는 장면들이 있다.

- 원국이한테 숨겨 놓은 쌍둥이가 있다던데,

이번엔 상태가 정의의 사도로 나섰다.

- 부인은 조수연? ㅋㅋㅋ

지난번 놀림의 복수를 하려는 듯 광재가 얼른 한마디를 보탠다.
"손광재, 뒤진다!"
"어? 잡담은 금지, 하고 싶은 말 있으면 낙서로 하랬지?"
유정의 말이 끝나기가 무섭게 원국이 비장한 얼굴로 사인펜을 뽑아든다.

- 손광재 까불지 마라. 싸움도 못 하는 게.
- 무식한 게 자랑이냐?
- 너보단 똑똑하거든.

초록색과 남색 글자들이 지렁이 기어가듯 전지 위를 수놓고 있다.

- 나도 글 잘 쓰고 싶다.

진원이의 낙서. 가지런히 쓴 글씨체마저도 너무 솔직하고 꾸밈이 없다.

- 학원 가기 싫다. 오늘 영어 숙제도 아직 못 했는데,

수연이의 노란색 진심.

- 조수연 너도 한샘학원 다니냐?

학수가 슬쩍 글씨로 말을 건다. 보고 있던 현규와 원국이도 은근히 신경이 쓰이는 눈치다.

- 응. 너도 다녀?
- 경진 쌤, 졸라 짜증 나. 발음도 엄청 구린 주제에.
- 난 그 쌤 좋던데, 가끔 영화도 보여주고,
- 그 맨날 보는 자연 다큐?

수연이 자기도 모르게 피식 웃음을 터뜨렸다가 이내 선생님의 눈치를 살폈다. 다른 친구들은 모르는 둘 만의 공감대. 힐끗거리며 두 사람을 보고 있던 현규가 귀찮은 듯 인상을 찌푸리며 사인펜을 꺼내들었다.

― 재미없다.

그런 현규의 기분을 맞춰주려는 듯 광재가 얼른 댓글을 달아준다.

― 나도.
― 학교 때려 치고 게임방이나 차리고 싶다.
― 태광이 겜방 차리면 정액권 쏘는 거냐?

태광이와 학수의 낙서. 별 관심 없는 척하고 있지만 어느덧 서로의 낙서에 반응하며 자기도 모르는 진심을 내보이고 있다.

― 나는 제라드 오빠 콘서트 가고 싶다.
― 치킨 먹고 싶다. 혼자서 한 마리 다.
― 내일 체육 수행평가 짜증 나. 확 전학 가버릴까.

- 엄마가 끝나고 할머니 집 가재. 완전 짜증 나.

- 군대 가기 싫다. 여자들은 좋겠다.

- 야! 우린 애 낳거든?

어느새 주제는 저마다의 소망들로 이어진다.

- 아빠 진짜 싫어. 맨날 자기는 어릴 때 다 100점이었대.

- 나는 오빠가 더 싫어. 엄마 아빠 앞에서만 겁나 착한 척이야. 재수 없게.

유정이 살짝 경고를 주려다가 분위기를 깨고 싶지 않아 내버려 두었다. 선생님 앞인데도 거리낌 없이 솔직한 말들이 술술 오고 간다.

- 너희 오빠는 잘생기기나 했지. 우리 오빠는 못 생긴 게 엄청 잘난 척이야. 잘 씻지도 않으면서.

- 야, 근데 손광재 아빠 봤냐? 겁나 똑같아. 손광재 미래 모습이다.

다시 원국이의 도발.

- 너는 머리만 길면 너희 누나잖아. 운동회 때 보고 쌍둥이 줄.

오고 가는 가족 이야기 속에 유독 갈색 사인펜만 말이 없다. 신경이 쓰이는 듯 슬쩍 현규 쪽을 쳐다보는 수연. 현규가 제법 어른스러운 표정으로 시선을 피한다.

- 혼자 살고 싶다.

민망해하며 끄적인 낙서에 진심이 담긴다. 사실 현규에게 유독 마음이 쓰이는 이유는 따로 있었다. 다섯 살 때 집을 나가버린 아버지, 폭력적인 성향의 형, 혼자 두 아들을 키우기에는 너무나 여렸던 어머니. 6학년 남자아이가 감당하기엔 너무 버거운 상황들이 하나도 아닌 셋씩이나 현규를 에워싸고 있었다. 평범한 가족들과의 평범한 일상. 그 속에서 살아온 유정이 현규를 이해할 있는 부분은 아무것도 없었다. 그저 약간의 관심과 인내심으로 조금 더 버텨주길 바라고 있을 뿐.

- 선생님, 우리 근데 진짜 글 안 써요?

한시라도 진지함을 참지 못하는 상태가 물었다.

- 지금 쓰고 있잖아. 글.

유정의 대답에 아이들의 표정이 어리둥절해 진다.

- 이제 5분 남았다. 5분 뒤에 오늘의 청소당번 결정!!
- 으악. 나는 절대 안 돼. 가나다라마바사아 한글 공부 재미있다. 그런데 내 글씨가 왜 이러냐, 쪽팔리게.
- 나 오늘 학원 늦으면 쌤한테 죽는다. 아, 고달픈 인생. 학원에 누가 불이나 질러버려라.

마음이 급해진 아이들이 허둥지둥 빈 곳을 채워가기 시작했다.
"자!! 이제 그만! 그럼 어디 한번 볼까?"
아이들의 낙서가 가득 찬 전지를 자석으로 칠판에 고정시켰다.
"무슨 색이 제일 적은 것 같아?"
"갈색이요! 하늘색! 노랑도 별로 없어요!"
"아냐! 나는 작게 써서 그렇지."
"갈색이 제일 적네!"
"이현규, 안됐다."
아이들의 의견이 어느새 갈색 쪽으로 모아지고, 현규의 얼굴이 불만으로 붉게 달아올랐다. 시킬 수 있으면 시켜 보라는 듯 온몸으로 화를 표출하고 있는 녀석. 그 화를 고스란히 받아내야 하는 유정의 얼굴도 덩달아 일그러진다. 그때마침 창가 쪽에서 반가운 목소리가 들려왔다.

"어? 빨강이 제일 적은데요?"

아이들의 시선이 한곳으로 모이고, 현규도 슬쩍 고개를 들어 낙서들을 살폈다.

"진짜네? 빨간색이 거의 없는데요?"

싱글벙글 웃으며 유정을 보는 아이들. 이럴 땐 시키지 않아도 마음이 척척 맞는다.

"선생님, 깨끗하게 부탁드려요!"

광재의 명쾌한 한 방! 내심 걱정스럽던 유정의 마음에도 쏙 드는 결론이다. 어차피 다시 해야 할 청소, 한 번에 하는 게 낫지.

"좋아. 대신 다음 시간엔 더 열심히 하는 거다!"

아이들이 기다렸다는 듯 꾸벅 인사를 하고 교실을 나갔다. 혼자 청소를 하고 있는데, 동아리 활동을 갔던 여자아이들 몇몇이 다시 교실로 돌아왔다.

"어? 이거 뭐예요? 재밌겠다."

"야! 여기 손광재 얘기도 있어."

"선생님, 왜 애네들 하고만 이런 거해요? 우리도 하고 싶어요!"

"그럴까? 그러자, 그럼. 우리도 하지 뭐."

해외에 나가면 갑자기 발동되는 애국심처럼, 잠시 다른 반에 갔다 돌아온 아이들에게는 알 수 없는 소속감과 담임독점욕이 발동한다.

"야! 너는 너네 반이나 가!"

자기 반 빗자루까지 들고 와 청소를 거들고 있는 상태를 보더니 여자아이들이 새침하게 텃새를 부린다.

"선생님, 재들 돕지도 않으면서 입만 살았어요."

상태의 귀여운 고자질에 피식 웃음이 나왔다.

"상태 너 학원 안 가?"

"사나이가 학원 때문에 의리를 저버릴 순 없죠."

"우와, 감동인데? 그럼 저기 1분단만 좀 부탁해!"

"옛썰!"

160cm를 훌쩍 넘는 키에 야무진 빗자루질이 제법 든든하게 느껴진다. 느긋하게 흘러가는 오후. 그렇게 오늘도 무사히 하루가 지나가고 있다.

낙서 속 보물찾기

다음 날, 현규가 학교에 오질 않았다.

"누구 현규랑 연락하는 사람 있니? 전화도 안 받고, 걱정 되네."

선생님의 말에 아이들이 고개를 갸웃거리며 서로의 눈치만 살폈다.

"걔 어제 애들이랑 PC방 가는 거 봤는데."

"난 편의점에서 봤어."

"야, 손광재! 너랑 같이 편의점에 있지 않았냐?"

아이들의 목격담과 갖가지 추리가 이어질 무렵, 휴대폰 진동이 울렸다.

'현규 어머니'

"자, 현규는 선생님이 알아볼 테니까, 다들 오늘은 이만 하고! 어제 PC방 간 위인들은 내일 상담실에서 볼 거야."

"아~ 선생님, 저희 그냥 지금 남을게요!"

괜한 목격담에 잘못이 들통 난 아이들이 곤란한 듯 몸을 배배 꼬아댄다. 그런 아이들을 뒤로한 채 교실을 나왔다. 어떤 사정이 있었건, 일단은 아이의 사생활을 지켜주고 싶은 마음이었다.

"안녕하세요. 선생님. 현규 며칠만 좀 쉬어야 할 것 같아요."

전화기 너머로 축 가라앉은 어머님의 목소리가 들렸다.

"네? 어디 아픈가요?"

"아니요, 저기……. 현규가 형이랑 좀 다퉜어요. 근데 얼굴을 좀 다쳐서."

목소리만으로도 무척이나 곤란하고 불편한 상황이 느껴졌다.

"그랬구나. 아이들이야 뭐, 싸우면서 크는 거니까요. 학교 걱정은 말고 푹 쉬었다 오라고 전해주세요. 혹시 의사 확인서나 진단서 뗄 수 있으면 보내 주시구요."

일부러 대수롭지 않은 척 절차상의 문제를 언급했다. 형과 동생의 문제, 담임으로서 거기까지 간섭하려 드는 건 어쩐지 지나친 월권으로 느껴졌다.

"감사합니다. 선생님, 다음 주엔 꼭 보낼게요."

어머니와 전화를 끊고 나니 그제야 현규를 한번 바꿔달라고 할 걸, 후회가 됐다. 그랬어도 어차피 현규가 거절했겠지만…….

그렇게 일주일이 갔다.

약속했던 대로 다음 날에는 PC방 멤버들의 개인 상담 시간이 이어졌고, 화요일 체육 시간에 남자 여자 말싸움이 벌어진 일과 수행평가 점수가 공지되어 아이들의 얼굴이 부쩍 어두워진 것, 그 것만 빼면 대체로 평화롭고 안정된 일주일이었다.

"선생님!! 엄청 보고 싶었어요."

"우웩, 야! 선생님 임자 있는 몸이야!"

상태의 거침없는 솔직함과 여자아이들의 귀여운 잔소리를 들으며 여섯 번째 동아리 활동 시간이 돌아왔다.

"어? 이거 지난 시간에 한 거네?"

지난 시간에 열심히 채운 낙서를 칠판에 다시 붙여 놓았다. 종도 치기 전에 교실에 도착한 아이들이 하나둘 칠판 주위로 모여들었다.

"이거 봐, 손광재랑 이원국, 여기서도 싸워."

"야, 니들은 무슨 낙서가 다 에이오비 얘기냐?"

"가나다라보단 낫거든?"

자기들이 써 놓은 낙서를 보며 수다 삼매경에 빠진 아이들. 아무렇게나 했던 낙서가 떡하니 칠판에 게시되어 있으니 살짝 민망하면서도 재미있는 모양이다.

"자, 다들 자리에 앉으시고."

유정이 막 수업을 시작하려 하는데, 교실 뒷문이 벌컥 열렸다.

"어? 현규다!"

텅 빈 가방을 어깨 한쪽에 걸쳐 메고, 현규가 일주일 만에 다시 돌아왔다. 한쪽 눈을 가린 안대와 풍기는 파스 냄새. 누가 볼 새라 고개를 푹 숙인 모습이 오늘따라 애처로워 보인다.

"어? 현규 왔네, 얼른 자리에 앉아."

현규가 무표정한 얼굴로 자리에 털썩 걸터앉았다. 차마 겉으로 내뱉지 못한 숙덕거림이 아이들의 눈에서 눈으로 오간다.

"자, 우리 지난 시간에 글쓰기를 위한 낙서를 해 봤지? 너희는 또 아니라고 하겠지만, 너희 머릿속에 얼마나 많은 글들이 들어 있는지, 보여주고 싶었어. 그냥 막 떠올린 생각들도 충분히 멋진 글이 될 수 있다는 거."

"에~이, 그럴 리가요. 글쓰기, 이제 시작인가요?"

현규가 없는 사이 덩달아 기가 죽어 있었던 광재가 신이 난 목소리로 말했다.

"여기 앞으로 와서 앉아 볼래?"

아이들이 우르르 나와 칠판 아래에 모여 앉았다.

"오늘은 낙서 속 보물찾기! 이 낙서 중에서 재미있는 문장 몇 개를 고르고 그럴듯한 이야기를 만들어 보는 거야. 더 멋진 이야기를 만든 팀한테 아이스크림 쏜다!"

"와아~ 진짜요? 나 비싼 거 먹어야지!"

"진 팀이 사 오기로 해요! 그래야 재밌지."

아이스크림 하나에 교실 분위기가 순식간에 달아올랐다. 유정이 흥분한 아이들을 가라앉히며 아이들을 다시 자리에 앉혔다.

"근데 팀은 어떻게 나눠요?"

"음. 공평하게, 제비뽑기!!"

"아악!! 나 재수 진짜 없는데."

상태의 투덜거림을 뒤로한 채 아이스크림 막대 10개를 꺼내 5개는 빨강, 5개는 파랑 동그라미를 그려 넣었다.

"자, 그럼 시작해 볼까?"

긴장된 표정으로 두 손을 꼭 모은 아이들의 표정이 꽤나 진지하다.

"아싸!! 홍 팀!"

원국이 먼저 스타트를 끊었다.

원국이와 수연이, 현규, 민주, 학수가 홍 팀. 나머지 상태, 진원이, 광재, 태광이, 혜영이가 청 팀.

"아~ 선생님 다시 뽑아요."

민주와 떨어진 사실이 못내 서운한 혜영이가 입을 툭 내밀고 불만을 표시한다.

"안 되는 거 알면서!"

냉정한 한마디에 픽 토라져 돌아서는 혜영이의 모습이 사춘기 중학생 같다.

"자, 그럼 규칙 설명! 일단 지난 시간에 했던 낙서들을 쭉 읽고 마음에 드는 문장을 고르는 거야. 그리고 나서 그 문장들을 연결한 이야기를 만드는 거지! 선생님이 한번 해볼게."

난생처음 듣는 설명에 아이들이 궁금한 표정으로 칠판을 주시했다. 유정이 가만히 낙서를 훑어보다가 낙서 두 개에 동그라미를 그렸다.

"선생님은, 이거랑. 이거!"

"어? 내 꺼다!"

태광이가 쓴 '학원에 누가 불이나 질러버려라.' 와

민주가 쓴 '나는 오빠가 더 싫어, 엄마 아빠 앞에서만 겁나 착한 척이야.'

"저걸 어떻게 연결하지?"

낙서의 주인공 민주가 슬쩍 관심을 보인다.

"민주한테는 맨날 착한 척을 하는 오빠가 있어, 친구들이 오빠 자랑을 할 때마다 민주는 '나는 오빠가 제일 싫어. 엄마 아빠 앞에서만 겁난 착한 척이야!' 이러면서 오빠 흉을 봤지. 그날도 오빠와 싸우고 학원 계단을 오르고 있었어, 학원도 가기 싫고 '누가 학원에 불이나 질러버려라!' 하고 있는데, 갑자기 학원에 진짜 불이 나기 시작한 거야. 놀란 민주가 집으로 돌아가는데, 집 앞에 경찰이 쫙 깔려 있었어. 현장에 있던 민주가 유력한 용의자가 되어 버린 거지. 얼떨결에 쫓기는 신세가 된 민주에게 오빠의 전화가 걸려와. 누명을 벗겨 줄 테니 오빠만 믿고 저녁 7시에 놀이터로 나오라는 거야. 고민하던 민주가 사람들 눈을 피해 놀이터로 향했어. 근데 놀이터에!!"

잔뜩 긴장이 고조되던 순간, 유정이 하던 이야기를 멈추고 아이들을 바라보았다.

"과연 오빠가 있었을까 없었을까?"

"에~이, 뭐예요!!"

그래도 뒷이야기가 궁금하긴 했다는 듯 아이들의 얼굴에 아쉬움이 가득하다.

"자, 이제 어떻게 하는지 알았지? 원하는 낙서 고르고, 낙서 내용을 넣어서 이야기 만들기."

"쓰면서 해도 돼요?"

"당연하지!"

듣던 중 반가운 소리다.

"저희도 흰 종이 좀 주세요!"

"자, 그럼 시간은 10분!"

시간이 주어지기 무섭게 아이들이 우르르 낙서 앞으로 몰려들었다.

"선생님, 다른 문장 추가해도 되죠?"

"여기서 문장 몇 개 이상 써야 돼요?"

"문장 많이 연결하면 가산점 있어요?"

질문이 많아진다는 건 동기가 충분히 유발되었다는 뜻이다. 모든 교실에서는 물음표가 끊임없이 쏟아져 나와야 하고, 그 질문에 대한 정답은 아이들이 스스로 찾아낼 수 있어야 한다.

"야! 이런 건 어때?"

"조용히 해. 다 들리겠다!"

옆 팀 경계하랴, 문장 연결하랴 정신없는 시간이 흘렀다. 현규와 학수가 함께 있어 걱정스럽던 홍 팀에서도 수연이의 주도로 제법 괜찮은 의견들이 오고간 모양이다.

"선생님, 저희 다 했어요."

어느새 청 팀 대표가 된 상태가 A4 용지를 가지고 나왔다. 홍 팀도 수연이가 마지막으로 이상한 부분은 없는지 이야기를 한 번 더 점검한다.

"그럼 청 팀부터!"

상태가 흥분된 표정으로 글이 적힌 종이를 들어 올렸다.

"저희는 '손광재 아빠 봤냐? 겁나 똑같아. 손광재 미래 모습이다.'랑, '엄마가 끝나고 할머니 집 가재.' '숨겨 놓은 쌍둥이가 있다던데.'를 활용했습니다."

"광재가 주인공인가 보네? 어떤 이야긴지 한번 들어볼까?"

아이들의 시선이 일제히 상태에게 집중된다. 내 낙서가 과연 어떻게 바뀌었을지 궁금하고 또 기대되는 표정들이다.

상태가 흠흠. 목을 가다듬더니 종이에 적힌 이야기를 읽어 내려갔다.

학교에 온 광재가 자리에 앉아 있는데, 태광이랑 상태의 대화 소리가 들렸습니다.

"야, 너 손광재 아빠 봤냐? 겁나 똑같아. 손광재 미래 모습인줄."

그 말에 놀란 광재가 벌떡 일어나며 말했습니다.

"무슨 소리야……. 우리 아빠 나 어릴 때 돌아가셨는데……."

놀리지 말라며 화를 내는 광재에게 아이들은 저것 보라며 운동장을 가리켰습니다. 운동장에 광재와 똑같이 생긴 어른이 서서 광재를 쳐다보고 있었습니다. 놀란 광재가 얼른 운동장으로 달려 내려갔는데, 남자 대신 광재 동생 광순이가 서 있었습니다.

"오빠, 엄마가 끝나고 할머니 집 가재."

광재는 대충 대답을 하고는 광순이에게 방금 있었던 일을 털어놓았습니다. 그러자 광순이가 말했습니다.

"어? 우리 아빠 숨겨 놓은 쌍둥이가 있다던데."

놀란 광재는 학교를 땡땡이치고 할머니에게 달려갔습니다. 광재를 본 할머니께서는 마침 잘 왔다며 광재에게 아빠의 쌍둥이 동생을 소개해

주셨습니다. 드디어 오해가 풀리고 모두가 행복하게 잘 살았습니다.

이야기가 끝난 뒤 교실에 잠시 정적이 흘렀다.

"뭐야, 난 또 진짜 미래에서 온 줄 알았네."

아쉬운 결말에 민주가 투덜대며 아쉬움을 드러냈다.

"나도, 미래에서 온 사람이 로또 번호라도 가르쳐 주면 재밌었을 텐데."

원국이가 슬쩍 생각을 보태며 말했다.

"끝이 좀 허무하긴 했지만 처음치곤 너무 훌륭한데! 다 같이 박수!!"

다음은 홍 팀 차례. 발표를 맡은 수연이가 앞으로 나왔다.

"저희는, '군대 가기 싫다. 여자들은 좋겠다.'랑, '야! 우린 애 낳거든' '너는 머리만 길면 너희 누나잖아.'를 골랐습니다."

원국이는 자기가 남자로 태어난 게 정말 싫었습니다. 왜 남자는 항상 여자를 지켜야 하고, 무거운 것도 다 들어야 하는 것일까. 특히 원국이가 가장 화가 나는 건 남자만 군대에 가야 한다는 것이었습니다.

"군대 가기 싫다. 여자들은 좋겠다."

라고 말하면 여자아이들은

"야! 우린 애 낳거든?"

이렇게 말하며 원국이를 무시했습니다. 원국이는 매일 어떻게 하면 군대에 가지 않을 수 있을까 고민했습니다. 그러던 중 우연히 현규가 원국이의 고민을 들었습니다.

"그럼 여장해! 너 머리만 길면 너희 누나잖아."

현규의 농담에 원국이가 진지하게 고민을 하다가 가발 가게를 찾아갔습니다.

"절 여자로 만들어 주세요."

가발 가게 주인이 긴 머리 가발을 주었고, 원국이는 그날부터 여자가 되었습니다. 친구들은 아무도 원국이를 알아보지 못했습니다.

"원국이 누나, 안녕하세요. 그런데 혹시 원국이 못 보셨어요?"

원국이는 친구들을 속이는 게 재미있었습니다. 이렇게 평생 여자로 살면 군대에 가지 않아도 될 것 같았습니다. 그런데 갑자기 원국이의 배가 불러오기 시작했습니다. 주변 사람들은 아기를 가진 것 같다며 원국이를 축하해 주었습니다.

"아니에요! 전 여자가 아니라고요!"

원국이의 억울한 외침도 아무 소용이 없었습니다. 결국 원국이의 배는 수박만큼 부풀어 올랐고, 사람들에게 끌려 산부인과에 가게 되었습니다.

이야기 속 원국이가 괴로워 할 때마다 듣고 있던 아이들의 표정이 함께 일그러졌다. 그리고 이야기가 끝나자 아이들의 입에서 자연스럽게 짧은 감탄사가 터져 나왔다.

"와……. 이원국 대박."

"야! 너희 그거 조수연이 썼지?"

이야기가 꽤 재미있었는지 상태가 또 괜한 시비를 걸었다.

"아니거든! 나랑 학수도 같이했거든!"

주인공 원국이가 발끈하며 상태를 노려보았다.

"자, 우리 홍 팀에게도 박수!! 이 짧은 시간에 어떻게 그런 이야기를 생각해냈어?"

유정이 모르는 척 홍 팀을 칭찬해 주었고, 흥분했던 원국이의 어깨가 으쓱거렸다.

"선생님은, 두 얘기 다 좋았는데, 너희는 어땠어?"

"재밌긴 했어요. 근데 시간이 더 있었으면 더 잘 쓸 수 있었을 것 같아요."

진원이의 기특한 소감.

"그치? 그래도 처음 쓴 글쓰기치고는 제법이야!"

"아, 맞다!! 우리 글 안 쓰기로 했잖아요."

원국이가 억울한 표정으로 말했다.

"선생님은 그냥 이야기만 만들어보라고 했어! 쓰면서 하겠다고 종이 가져간 건 누구였더라?"

유정의 예리한 지적에 원국이의 입이 금세 다물어 졌다.

"근데 오늘 글쓰기 어땠어? 지루하고 힘들었어?"

"아니요. 그렇게 힘들지는 않았어요."

평소 같으면 금방 반발하고 나섰을 아이들이 가만히 있는 걸 보니 다들 비슷한 생각들인 것 같다.

"진짜 이야기를 듣는 것 같아서 재밌었어요."

"시간이 모자라서 좀 아쉬웠어요."

"원국이가 쌍둥이 낳는 걸 썼어야 되는데."

진심으로 아쉬워하는 광재의 말에 아이들이 피식 웃음을 터뜨렸다.

"그래, 글쓰기는 원래 이렇게 하는 거야. 오늘처럼 신나고 재미있게. 그럼 오늘은 양 팀 다 즐겁게 잘했으니까!!"

"아싸! 공동 우승?"

이미 패배를 예상하고 있던 상태가 신이 난 표정으로 외쳤다.

"근데 아이스크림은 누가 사 와요? 선생님이?"

"웅! 이럴 줄 알고 선생님이 미리 사다 놨지!"

"와! 선생님 짱! 종류는 우리가 골라도 되죠?"

"선생님, 저 두 개 먹을래요! 오늘 주인공도 했는데!"

웅성대는 아이들 사이로 여전히 무표정한 현규의 모습이 눈에 들어왔다.

"현규야, 오늘 끝나고 학원 안 가지?"

"네."

"이따 상담실에 좀 가 있어. 선생님이랑 얘기 좀 하자."

"……."

딱히 반항하지 않는 걸로 봐서 오늘은 순순히 말을 들어줄 생각인가 보다. 오늘은 또 어떤 말로 녀석의 다짐을 받아내야 할지 유정은 벌써부터 숨이 꽉 막히는 기분이었다.

이상한 반성문

유정이 교실에 남아 있던 아이들을 모두 보내고 복도 맨 끝의 상담실로 향했다. 문 앞에서 크게 한 번 쉼 호흡을 하고 마음속으로 여러 번 되뇌어 본다.

'나는 교사다. 나는 교사다.'

아무리 교사라지만 교사 역시 사람이었다. 상담실 안에서 온갖 반항과 침묵들을 마주하다 보면 가끔 교사의 본분을 잊고 지나친 화를 분출해 내기도 했다.

문을 열고 들어가자 현규가 한껏 기죽은 표정으로 고개를 돌리고 있었다. 생각보다 순순한 표정에 괜히 미안한 마음이 들었다.

"몸은 좀 어때? 괜찮아?"

"네."

귀찮은 듯한 표정과 대답. 이제야 현규답다.

"형이랑, 싸웠다면서? 무슨 일 있었어?"

"아니요."

"지금은 화해했고?"

"……."

"병원에서는 뭐래? 괜찮대?"

"네."

대화할 생각이 전혀 없는 아이를 상담이랍시고 붙잡아 두는 일. 그게 얼마나 답답하고 기운 빠지는 일인지는 해본 사람만이 알 수 있다.

"선생님이랑 이야기하는 거 싫어?"

"아니요."

애초에 다음 질문 따위는 받고 싶지 않다는 듯이. 감정 없는 대답 하나하나가 유정의 마음을 아프게 찔러온다. 어른이라서, 교사라서 견뎌야 하는 가혹한 시간들.

"선생님은 현규가 좀 더 편해졌으면 좋겠어. 그렇다고 무조건 좋아해 달라는 건 아닌데……. 그래도 우리 같은 반이잖아?"

"……."

"선생님은 진심으로 현규가 걱정 돼. 안 오면 보고 싶고, 화내면 안타깝고."

"……"

"그러니까 현규도 조금만 더 마음을 열어주면 안 될까?"

딱히 대답을 기대하고 한 말은 아니었다. '교사가 진심을 담아 이야기했더니 학생이 눈물을 보이며 고개를 끄덕여 주었다.' 같은 건 드라마 속에서나 나오는 환상이자 멋모르는 어른들의 바람이었다.

"혹시 학교 다니는 거 싫어?"

잘 포장된 말들을 뚫고 진심이 터져 나왔다.

"아니요."

"근데 왜 잘 웃지도 않고, 선생님 말에 대답도 안 하고."

"했는데요."

"지금은 잘 모르겠지만, 이 시간은 절대 다시 돌아오지 않아. 선생님이랑 현규, 친구들도 그렇고."

말하고 보니 너무 어른 같은 이야기다. 지금 현규 나이에서는 절대로 느끼지 못할.

"혹시 요즘 고민 같은 거 없니?"

"네."

"집에서는 잘 지내?"

"네."

"그래. 다행이네."

"근데 왜 부르셨어요?"

현규가 유정의 눈을 똑바로 바라보고 묻는다. 더 이상 진심 없는 대화는 나누고 싶지 않다는 듯이.

"아. 그렇지. 지난주 금요일 날, 애들이랑 PC방 갔었다던데, 맞니?"

"……."

"엄마 허락 받고 간 거야?"

"아니요."

"선생님이 무조건 가지 말라는 건 아니야. 대신에 부모님 허락은 꼭 받고 가야지. 엄마가 현규를 얼마나 걱정하시는데."

"걱정 안 해요."

"정말 그렇게 생각해?"

"……."

"광재랑 다른 애들, 전부 반성문 쓰고 갔어. 다음에 또 그러면 그땐 여기서 엄마랑 함께 보기로 했고."

"엄마 못 올걸요?"

정말 엄마가 올지 안 올지 시험이라도 해보겠다는 말투다.

"그건 그때 가봐야 아는 거고 일단은 반성문부터. 근데 오늘은 좀 다르게 쓸 거야."

순간 현규의 눈빛이 눈에 띄게 흔들렸다. 선생님이 또 얼마나 귀찮은 과제를 내주려 하는 건지, 그저 귀찮고 피곤하다는 표정이다.

똑 똑.

노크 소리가 들리고 오늘 당번인 만우가 돌돌 말린 전지 한 장을 가지고 들어왔다.

"선생님, 여기요."

"고마워, 당번 활동 다 했으면 이제 가도 돼. 오늘 수고 했어!"

"네, 안녕히 계세요."

진지한 분위기에 덩달아 긴장을 한 만우가 평소답지 않게 꾸벅 인사를 하고 나갔다. 유정이 종이를 펼치고는 스카치테이프를 뜯어 벽에 고정시켰다. 글쓰기싫은부 아이들의 낙서가 담겨 있는 종이. 현규가 불만스럽게 종이를 노려보고 있다.

"아까 이야기 만드는 방법 기억나지? 오늘은 반성문 대신, 아까 했던 거 한 번 더 하고 갈 거야. 낙서 골라서 이야기 만들기."

"그냥 반성문 쓸게요."

"그래? 반성문은 세 장인데?"

둘 중에 뭐가 더 괴로울 지, 잠시 고민하는 표정이다.

"말로 할래. 아님 글로 써줄래?"

말도 싫고, 글도 싫을 것이다. 하지만 고민하는 표정을 들키기는 더 싫은 모양이다.

"쓸게요."

분명히 엄마가 챙겨주었을 검은색 필통 안에는 샤프와 지우개가 가지런히 들어 있다. 뭐든 빨리 해치워 버리겠다는 듯 현규가 필통 안에서 샤프를 꺼내 들었다.

"이따 끝나면 교실로 와, 이거 다 챙겨올 수 있지?"

그래봤자 전지 한 장이었지만 작은 부탁마저 조심스럽게 느껴졌다. 유정이 A4 용지를 꺼내 테이블에 놓아주고 서둘러 상담실을 빠져나왔다. 숨 막히는 긴장감 때문인지 이마에 땀이 송골송골 맺혀 있었다. 아이들이 모두 떠나고 난 복도에서는 기분 좋은 정적이 맴돌았다. 1반 교실 복도 창가에 서서 잠시 바람을 쐬고 있는데, 오대진 선생님이 양치 컵을 들고 화장실에서 나왔다.

"진 선생, 괜찮아? 엄청 지친 표정인데. 혹시 오학수랑 이태광 때문이야?"

"아니에요. 둘 다 생각보다 얌전하던데요?"

"그래? 진 선생이 마음에 들었나 보네. 그 녀석들, 교실에서는 난리도 아니야. 참! 그 반에도 이현규 있지? 요즘 어때?"

"괜찮아요. 학교도 잘 오고."

"그래? 의왼데. 암튼 조심해! 만만한 놈은 아니니까."

대진이 결코 마음을 놓아선 안 된다는 듯 진지하게 말을 하고는 교실로 들어갔다. 슬쩍 들여다보이는 교실 안에 아침 자습용 학습지가 잔뜩 복사되어 있다.

가끔 무서울 정도로 조용한 오대진 선생님의 교실을 보면, 뭐가 맞는 건지 혼란스러운 생각이 들었다. 교실이라는 작은 왕국 안에서. 생각보다 많은 선생님들이 교육을 핑계로 자신의 스타일을 강요하고 있다.

"왜 엄마 아빠는 회사 욕하면서 우리는 선생님 욕도 못하게 해요? 자기들도 어릴 땐 그랬으면서."

아이들의 투정 섞인 말들을 들으면 진짜 나도 그랬나. 궁금한 생각이 들었다. 그때는 나도 죽을 만큼 싫었던 선생님과 목숨 걸고 지키고 싶었던 무언가가 있었겠지. 지금 아이들이 그 과정을 겪고 있다고 생각하면 작은 반항쯤은 모른 척해 주고 싶은 마음이 들기도 했다.

교실에 돌아와 아이들이 놓고 간 수학 익힘 책을 채점했다. 30분쯤 지나고 드디어 현규가 모습을 드러냈다. 결과와 상관없이 생각보다 긴 시간을 투자해주어 고마운 마음이 들었다.

"다 썼어?"

"네."

"수고했어. 이제 가도 돼."

"안녕히 계세요."

당연히 해야 할 인사인데도, 오늘따라 녀석의 인사가 감격스럽게 느껴진다. 어쩌면 묵묵히 학교에 나와 주는 것만으로도 현규는 자신이 할 수 있는 최선을 다 하고 있는 건지도 모른다.

현규가 놓고 간 종이에는 딱 세 줄이 적혀 있었다.

─ 형은 엄마 아빠 앞에서만 겁나 착한 척이다. 재수 없게. 엄마
도 싫고 아빠도 싫다. 집에 불을 지르고 싶다. 학원도 가기 싫지만 집은 더
가기 싫다. 다 때려치우고 그냥 혼자 살고 싶다.

딱히 이야기 형식은 아니지만, 그렇다고 또 이야기라고 볼 수 없
는 것도 아니었다. 소설인 듯 소설 아닌 이야기. 아이는 그래서 결
국 혼자 살게 되었을까? 무엇보다 뒷이야기가 궁금해지는 걸 보
니. 수업 시간에 설명을 제대로 듣긴 들었나 보다.

도서관 가는 선생님

'조용히 앉아서 아침 독서.'

칠판에 적힌 말이 무색할 정도로 교실 안에서의 독서는 먼 얘기였다. 학원 숙제로 문제집을 풀거나 어제 다하지 못한 학교 숙제를 마무리하느라, 아이들의 아침은 여느 학원 자습실 못지않았다.

'아이들에게 독서의 즐거움을 알게 해 주려거든 먼저 책 읽는 모습을 보여주어라.'

이 말에 진짜 읽고 싶은 책을 준비해 갔다가 10페이지도 넘기지 못하고 덮었던 적이 한두 번이 아니었다. 잘 모르겠다며 들고 나오는 문제에 일일이 설명을 해주어야 했고, 사고 친 아이들을 불러 상담 일정을 잡아야 했으며, 오늘 늦는다는 학부모들의 문자에 늦지 않게 답장도 해주어야 했다.

미뤄두었던 책도 빌릴 겸, 수요일 오후에 시간을 내어 도서관을 찾았다. 작년까지만 해도 자주 와서 시간을 보내곤 했던 단골 장소였다.

"어? 선생님도 동화책 봐요?"

동화책 쪽에 서서 한참 책을 고르고 있는데, 작년에 유정의 반이었던 1학년 여자아이들 세 명이 곁으로 다가왔다.

"선생님이 언니 오빠들한테 책 좀 읽어주려고 하는데, 너희가 좀 추천해 줄래?"

"우와, 진짜요? 엄청 좋겠다. 우리도 갈래요. 아니, 우리 교실에도 와주세요!"

눈을 반짝이며 내뿜는 부러움에 유정이 웃으며 아이들의 머리를 쓰다듬어 주었다.

"선생님, 이거 어때요? 이거 무슨 얘기냐면요."

"쉿! 도서관에선 목소리를 어떻게 하라고 했지?"

유정이 손가락을 들어 입 앞에 가져다 대자 세 아이의 손가락이 동시에 입술로 향한다. 그런 서로의 모습이 재미있다는 듯 킥킥 대며 입을 틀어막는 아이들.

아이들이 골라준 두 권의 책과 직접 고른 한 권의 책을 들고 도서관을 나왔다. 교실에 와보니 책상 위에 캔 커피 하나가 놓여 있었다.

- 편의점 갔다가 선생님 생각이 나서요. 오늘 저희들 때문에 힘드셨죠?
죄송합니다.

동글동글한 글씨체를 보자마자 수연이 떠올랐다. 오늘 과학 시간에 떠들다가 교실로 쫓겨 올라왔었는데, 교과 선생님에게 대신 사과를 하는 유정의 모습이 못내 마음에 걸렸던 모양이다.

담임을 맡다 보면, 1년 간 25명 아이들의 극성스러운 엄마가 되는 기분이었다. 혼을 내도 내가 내고, 잔소리를 해도 내가 한 번 더 하는 게 낫겠다는 심정. 그런 마음을 아는지 모르는지, 항상 사고는 치는 녀석들이 치고, 반성은 책임감 강한 몇몇 녀석들의 몫이다.

수연이 주고 간 커피를 마시며 오랜만에 책을 펼쳤다. 이 부분은 어떻게 읽어주면 좋을까. 작년엔 자주했던 고민을 올해는 처음으로 하고 있었다. 6학년이라는 이유로 자신도 모르게 편견을 가지고 있었던 게 아닐까, 유정은 새삼 미안한 마음이 들었다.

다음 날, 5교시가 끝나자마자 소설책 한 권을 꺼내 들었다. 복도를 가득 메우는 아이들의 목소리를 들으며 겨우 한 장을 넘기려는데,

"선생님, 하이! 어? 선생님 책도 읽으세요?"

상태가 큰 소리로 들어와 방해인지 배려인지 모를 행동을 한다.

"야! 우리 선생님 독서하시잖아. 너희 조용히 자리에 앉아."

"너나 조용해! 선생님 우리 오늘 책 읽어요?"

혜영이가 물었다. 지금이라도 도서관에 가서 시간 때우기용 책을 빌려올 기세다.

"아니, 오늘은 선생님이 읽어 줄 거야. 너희 어릴 때 부모님이 책 읽어주신 적 있지?"

"그땐 글자를 못 읽었으니까요."

"지금은 잘 읽는데, 읽을 시간이 없는 거고?"

"아니에요! 우리 맨날 읽는데."

"일주일에 한 권씩, 선생님이 검사하시잖아요."

왜 이제 와서 딴소리냐는 듯 아이들의 억울한 목소리가 하나로 모아진다.

매주 한 권씩, 혹은 세 권씩 정해놓고 책을 읽는 규칙은 이렇게라도 독서 습관을 좀 가져보라는 무언의 압박이었다. 아이들은 매주 원하는 책을 읽고 정해진 양식의 독서록에 소감을 기록했다.

'참 재미있었다', 같은 유치한 소감부터 책 뒤에 적힌 줄거리를 똑같이 베껴 내는 잔머리까지. 선생님에 따라 그 사실을 알면서도 그냥 넘어가 주기도 하고, 책 내용을 일일이 물어가며 실랑이를 벌이는 경우 있었다.

"우리 선생님 완전 깐깐해. 느낀 점 세 줄 이상 없으면 검사도 안 해줘."

"야, 너흰 그래도 낫지. 우린 일주일에 다섯 권이야."

"어? 우리 반은 칸만 채우면 되는데."

광재가 말했다. 사실 독서록은 유정이 가장 내기 싫어하는 과제 중 하나였다. 의무적으로 끌어내야 하는 느낌과, 정해진 틀에 맞추어 똑같이 재단되는 생각들. 그 숨 막히는 규칙과 강요가 아이들을 글쓰기에게서 점점 멀어지게 하고 있었다.

"근데 선생님도 책 읽고 독서록 써요?"

"응, 가끔 쓰지."

전혀 예상치 못했다는 듯 아이들의 시선이 유정을 향한다.

"어디다요? 어른용 독서록도 있나?"

"아니, 블로그에."

"우와, 컴퓨터 하지 말라면서."

"하지 마라고는 안 했어. 할 일 다 끝내놓고 정해진 시간만! 어쨌든 선생님도 가끔 너희처럼 독서록 써. 그래야 나중에 어떤 책을 읽었는지 기억이 나거든."

말하고 보니 독서록이 글쓰기에 아주 해로운 것은 아니었다. 책을 읽고 소감을 정리하다 보면 몰랐던 생각이 떠오르고 복잡한 머릿속이 차분해지는 느낌이 들었다. 하지만 누군가 그 일을 매주 하라고 한다면? 글쓰기를 좋아하는 유정에게도 그건 아마 하기

114

싫은 숙제가 되어 버릴 것이다.

"자, 이 얘기는 여기까지 하고, 다들 이쪽으로 와서 앉아볼래?"

아이들이 앞으로 나와 자리를 잡았다. 유정도 걸상 하나를 빼서 아이들 앞에 놓고, 직접 고른 동화책을 집어 들었다. 오랜만에 눈을 반짝이며 앉아 있는 아이들에게 동화책 표지를 보여주었다.

"제목은《노란 양동이》[1], 어떤 이야기일 것 같아?"

"뭐예요. 그거 애들 책이잖아요!"

원국이가 말했다.

"여우가 양동이를 훔치는 이야긴가?"

"아냐, 보니까 딱 낚시하러 가네."

그림 하나에도 제법 다양한 의견들이 쏟아져 나온다. 의외의 집중력을 보이는 아이들 때문에 괜히 더 긴장을 하며 유정의 목소리가 조용히 교실을 채웠다.

"아기여우가 외나무다리 근처에서 노란 양동이를 발견했어요. 누구 걸까? 아기여우는 양동이 속을 들여다보았어요. 물이 아주 조금 들어 있었어요."

"귀엽다."

민주가 금세 주인공 여우에게 빠져들었다.

---

1) 모리야마 미야코 지음《노란 양동이》, 현암사.

"쟤 윗도리 안 입었잖아. 변태네."

동심을 파괴하는 광재의 한마디.

"아기여우는 움츠리고 앉아 양동이 가까이 얼굴을 갖다 댔어요. 아기여우의 얼굴이 물에 비쳤어요. 아기여우는 눈까풀을 뒤집어 '까꿍!'하고 인사를 합니다. '메롱'하고 혀를 내밀어 봅니다. 방긋 웃어 보기도 합니다.

여우는 설레는 마음을 감춘 채 주인을 찾아주려 합니다. 숲속의 아기토끼와 아기곰이 여우와 함께 주인 찾기에 나서지요. 하지만 양동이는 너구리의 것도, 돼지의 것도, 원숭이의 것도 아니었어요. 고민하던 동물들은 일주일 동안 주인이 나타나지 않으면 양동이는 여우가 가지는 게 좋겠다고 결론을 내렸지요.

다음 날부터 여우는 매일 월요일이 오기만을 기다립니다. 양동이에 물을 담는 상상도 하고, 양동이 바닥에 이름을 쓰는 시늉도 해봅니다. 금요일, 토요일, 일요일이 되고 이제 하루만 지나면 양동이는 여우의 것입니다. 두근두근 설레는 마음으로 드디어 월요일이 되었습니다. 아침 일찍 눈을 뜬 여우가 양동이가 있던 곳으로 달려갑니다. 그런데 그곳에!"

유정의 이야기는 여기에서 끝이 났다. 사실 아직 뒷이야기 몇 장이 더 남아 있지만 오늘 아이들에게 들려줄 이야기는 딱 여기까지였다.

"양동이가 있었어요?"

"없었겠지."

"설마 다음은 우리가 써 보라는 거 아니죠?"

아이들의 격렬한 반응에 피식 웃음이 나왔다. 동화책이라고 무시할 땐 언제고,

"다음에 어떻게 되었을까?"

예상했던 질문에 여기저기서 한숨 소리가 터져 나왔다.

"그럴 줄 알았어, 내가."

광재가 입을 삐죽이며 투덜거렸다.

"양동이가 있을 것 같은 사람?"

현규와 수연, 상태, 진원, 민주와 혜영이까지 총 6명이 손을 들었다.

"그럼 나머진 없을 것 같아?"

"네, 있으면 너무 뻔하잖아요. 아무리 동화라도 그건 노 잼."

원국이의 논리가 제법 그럴듯하다.

"그럼 양동이는 어디로 갔을까?"

"주인이 가져갔겠죠. 아마도……. 낚시꾼?"

"사실 양동이가 미끼인 거야. 숨어서 보고 있다가 여우랑 토끼, 곰까지 잡는 거지!"

원국이의 말에 생각이 바뀐 듯 상태가 얼른 이야기를 덧붙였다.

"학수는? 학수는 양동이가 왜 없을 것 같아?"

"곰이 훔쳐 갔을 것 같아요. 아까 낚싯대도 들고 있었고."

제법 일리 있는 의견이다.

"자, 그럼 다음 이야기를 한번 들어볼까?"

당연히 뒷이야기를 마저 읽어줄 줄 알았는데, 유정이 동화책을 탁, 덮어 버리고는 옆에 있던 소설책을 집어 들었다.

"이 책은 말이야. 아마 너희들이 엄청 재미있어 할 이야기야."

"아! 선생님, 아까 양동이는요!"

뒤늦게 양동이에 몰입한 광재가 동화책을 가리키며 투덜거렸다.

"궁금하면 직접 찾아봐. 원래 드라마는 클라이맥스에서 끝나는 거 알지?"

장난스러운 유정의 표정에 아이들이 저마다 황당하다는 반응이다.

"너희, 타임캡슐 묻어본 적 있지? 이건 그 타임캡슐이랑 관련된 이야기야."

이번엔 유정의 손에 제법 두꺼운 책 한 권이 들려 있다.

"어? 그거 어른들 책 아니에요?"

원국이 방금 하던 이야기는 금세 잊은 채 유정의 손에 들린 책을 힐끗거렸다. 천으로 된 북 커버가 씌어져 있어 표지나 제목은 전혀 보이지 않았다.

"고등학교 졸업식 때, 같은 반 친구들끼리 모여서 타임캡슐을 묻었어. 그날은 바로 다 같이 모여 타임캡슐을 파 보기로 한 날이었어. 일요일 저녁 7시. 어느새 서른 살이 된 친구들이 하나둘 은행나무 아래로 모여 들었어. 주인공 태영이도 설레는 마음으로 은행나무 아래에 서 있었지."

아이들이 저마다 머릿속에 가장 커다란 은행나무를 떠올렸다. 오래된 은행나무 아래 긴장하며 서 있는 친구들.

"재현이와 진우가 삽으로 땅을 파기 시작했어. 10년 전에 묻었던 타임캡슐이 아직 그대로 있을지, 다들 설레는 표정이었지. 그때 무언가 툭, 하고 걸리는 소리가 났어."

어느새 아이들이 그 장소에 서 있는 듯 숨을 죽인다.

"근데 뭔가 이상한 거야. 타임캡슐은 분명히 딱딱한 철제 상자였는데, 삽 끝에 닿는 느낌이 물컹하고 묵직해."

"으윽……. 뭐였어요?"

광재가 한껏 몰입한 표정으로 물었다.

"검은 흙들 사이로 커다란 가방 하나가 보여. 왜 스키장에서 장비 넣고 다니는 길쭉한 가방 있지? 꼭 그런 것처럼."

아이들이 긴장한 채 침을 꿀꺽 삼켰다.

"반장이었던 진우가 삽을 내려놓고 슬쩍 지퍼를 열어보는데!"

"제발!!"

원국이가 제발 이야기를 멈추지 말아달라는 듯 유정을 애타게 바라보았다.

"가방 안을 본 진우와 재현이의 얼굴이 하얗게 변하더니 털썩. 그대로 주저앉고 말았어. 태영이가 왜 그러냐며 다가가려 하는데, 진우가 벌떡 일어나서 태영이 앞을 가로막는 거야. 그 뒤로 친구들도 전부 하얗게 질려서 태영이의 눈치만 살피고 있었지."

"아, 답답해!"

혜영이가 참지 못하고 한마디를 내뱉는다.

"태영이가 결국 진우를 밀치고 가방 지퍼를 확 열어젖혔어. 그런데 그 안에!!"

이제 겨우 책 앞부분을 읽고 있을 뿐인데, 아이들의 얼굴은 벌써 클라이맥스를 향해 가고 있다.

"그 안에 뭐가 있었어요? 사람? 시체?"

"그걸 말해 주겠냐? 거기서 끝이겠지 또."

이번엔 광재가 비꼬듯 투덜거렸다.

"그 안에는 싸늘하게 식어버린 한 남자가 있었어. 그 모습을 본 태영이 그만 놀라서 자리에 주저앉았어. 그건 바로, 태영의 1년 전 모습이었던 거야."

유정이 이야기를 멈추고 아이들을 바라보았다. 뜻밖의 전개에 다들 황당하다는 듯 멍한 표정들이다.

"엥? 말도 안 돼. 그럼 귀신이에요?"

"아니지, 귀신이 왜 죽어 있냐?"

"그럼 현재의 태영이 귀신인가?"

"자, 다들 눈을 감아봐. 그리고 지금부터 상상을 해보는 거야."

유정이 먼저 눈을 감고, 아이들이 하나둘 따라서 눈을 감았다.

"우리 6학년 졸업식 날 말이야. 글쓰기싫은부 친구들이 모여서 타임캡슐을 묻었어. 그리고 20년 뒤에 모여서 타임캡슐을 열기로 한 거야. 드디어 약속한 날짜고 되고, 10명의 친구들이 운동장에 모였어. 그리고 상태랑 원국이가 대표로 삽을 들었지."

친구들 이름이 나오자 눈을 감은 채 키득거리는 소리가 들렸다.

"30센티, 60센티……. 땅을 점점 파 내려가는 데, 그 안에 나랑 똑같은 사람이 누워 있는 거야."

"으악. 무서워."

민주가 눈을 감은 채 얼굴을 한껏 찌푸렸다.

"자, 이제 눈을 떠 봐. 그런 상황이면, 난 어떻게 해야 할까?"

"경찰서에 가야 될 것 같아요."

진원이가 말했다.

"야, 미쳤냐? 그럼 다 같이 조사받을 텐데."

"일단 그게 진짜 나인지 확인부터 해보고, 만약에 나라면! 그럼 어떻게 하지?"

원국이가 혼란스러운 표정으로 생각에 잠겼다.

"1년 전에 무슨 일이 있었는지 알아봐야 할 것 같아요."

수연이가 말했다.

"하긴, 누가 죽였을 지도 모르니까."

학수가 슬쩍 의견을 보탠다.

"아, 선생님, 그냥 읽어 주시면 안돼요?"

혜영이의 말과 동시에 수업이 끝나는 종소리가 울렸다.

"제목이라도 알려주세요. 도서관에 있죠?"

상태가 어느 때보다 강한 의욕을 불태우며 말했다.

"다음 시간에 직접 읽게 해줄게."

"아, 답답한데, 그냥 가르쳐 주면 안돼요?"

"오늘 학원 늦게 가도 돼요!"

고작 책 한 권에 아이들이 어린 시절로 돌아간 듯 어리광을 피운다.

"자. 다음 시간엔 다들 책 한 권씩 준비해오기! 이번엔 너희들이 친구들한테 이야기를 들려줄 거야. 전체 내용을 간추려서 이야기하고, 가장 중요한 장면에서 딱! 멈추는 거지. 다음 장면이 제일 궁금하게 만드는 사람한테는 특별히 이 책을 선물로 줄게!"

문화상품권이나 간식도 아닌 책 선물이라니. 아이들이 이걸 좋아해야 할지 말아야 할지 혼란스러운 표정들이다.

"필요 없는 사람은요?"

질문은 태광이가 했는데, 대답은 현규가 더 기다리고 있다.

"그래도 해 와. 수업은 수업이니까!"

그럴 줄 알았다는 듯 가방을 챙기는 현규와 북 커버로 쌓여진 책을 힐끗거리는 아이들. 그렇게 오늘도 일곱 번째 수업이 무사히 마무리되었다.

11

이 책 한번 읽어볼래?

'친구에게 책 읽어주기' 과제를 내준 뒤, 유정 역시 그동안 보고 싶었던 책들을 꺼내들었다. 그날도 한 손에 책을 든 채 퇴근 버스를 기다리고 있는데, 맞은편에서 걸어오는 현규가 보였다.

"어? 현규야!"

반가운 마음에 말을 더 하려던 순간, 현규가 어색하게 인사를 하고는 쭈뼛거리며 눈길을 피했다.

"그래, 내일 보자."

괜한 부담을 주고 싶지 않아 대충 인사를 마무리했다. 재빨리 걸음을 옮기는 뒷모습을 보니 집에서 막 나온 듯 편안한 차림이다. 학교 안에서의 아이들과 밖에서의 아이들은 풍기는 분위기부터가 묘하게 차이가 났다. 저런 표정이 있었나, 싶을 정도로 웃고 있기도 하고, 때론 부쩍 어른스러운 느낌을 풍기며 낯선 아이가 되어 있기도 했다. 교실에서의 모습만으로 아이들을 잘 안다고 생각하는 것은 대부분 교사들의 착각이었다. 특히 이맘때 6학년 아이들은 슬슬 부모나 담임의 그늘을 벗어나 자기들만의 세계를 만들어 가는 중이다.

다음 날, 혜영이가 교실로 찾아왔다.

"선생님, 저…… 이 책 골라봤는데요."

어색하게 서 있는 혜영이의 손에 도서관에서 빌려온 동화책 한 권이 들려 있었다.

"어디 보자, 재밌겠는데?"

"그게요. 저는 이 책 진짜 재밌게 읽었는데, 막상 읽어줄려고 하니까 어떻게 해야 할지 모르겠어요."

"그치? 선생님도 처음 책을 읽어줄 땐 그랬어. 이 긴 걸 다 읽어 줄 수도 없고. 그럼, 이렇게 한번 해볼래?"

유정이 서랍 안에서 작고 길쭉한 포스트잇 하나를 꺼냈다.

"페이지를 넘기면서 중요하다고 생각하는 문장에 표시를 해두는 거야. 그리고 표시한 문장들을 한 번 이어서 읽어보는 거지, 너무 길다 싶으면 필요 없는 문장에 포스트잇을 떼 버리고 다시 이야기를 처음부터 읽어봐."

"그렇게 막 줄여도 되는 거예요?"

"그럼! 그건 당연히 이야기하는 사람 마음이지!"

혜영이 포스트잇을 받아간 뒤, 민주와 원국이도 찾아와 도움을 청했다. 어떻게든 미션을 완수해 오려는 모습이 기특하고 사랑스럽다.

드디어 여덟 번째 시간. 아이들이 저마다 책 한 권씩을 손에 들고 교실에 들어섰다.

"선생님, 오늘 상품은 몇 명이에요?"

상태가 자신만만한 표정으로 물었다.

"타임캡슐 책이요! 저 그거 받으려고 숙제 엄청 열심히 했는데."

유정이 대답 대신 교탁 아래 놓아둔 종이가방을 집어 들었다. 겉으로 보기에도 제법 묵직한 게, 최소 5권 이상은 되어 보인다.

"우와, 선생님 돈 엄청 쓰셨네요."

"한 푼도 안 썼는데?"

"에이, 거짓말. 그럼 그거 주워 왔어요?"

"아니, 이따 보면 알아!"

유정이 빙긋 웃으며 가방을 내려놓았다. 지난 시간처럼 책상을 뒤로 밀고, 아이들이 바닥에 옹기종기 모여 앉았다. 그 앞에 놓이는 의자 하나. 다가오는 발표 시간에 아이들의 얼굴에 초조함이 가득하다.

"자, 누구부터 해볼까?"

서로 눈치만 살피느라 머뭇거리고 있는 사이, 진원이가 씩씩하게 손을 들었다.

진원이가 가져온 책은 교실 안에서 벌어지는 왕따 문제에 대한 이야기였다. 자신과 비슷한 주인공의 상황에도 아랑곳하지 않고 진원이가 또박또박 책 소개를 마쳤다.

"우와, 진원이 목소리 진짜 좋다. 근데, 실종된 왕따는 과연 어떻게 되었을까?"

"죽었을 것 같은데."

"에이, 설마!"

"친구들을 한 명씩 찾아가 복수하지 않았을까요?"

"운동을 엄청 열심히 해서 몸짱으로 돌아오나?"

아이들의 열띤 반응을 보니, 미션 성공이다.

"자, 그럼 이 책 한번 읽어볼 사람!"

유정의 말에 아이들이 얼떨결에 손을 들어올렸다.

"수연이, 태광이, 상태, 혜영이, 네 명이네? 그럼 이건 수연이가 먼저 읽는 걸로!"

진원이의 책이 수연이에게 건네지고, 긴장했던 진원이의 얼굴도 그제야 환하게 밝아졌다.

"이번엔, 누가 해볼까?"

진원이의 발표에 용기를 얻은 아이들이 선뜻 손을 들고 나섰다.

"그럼 이번에는 광재가 해보자."

광재가 씩씩하게 대답을 하며 앞으로 나왔다. 모둠 발표를 할 때면 늘 뒤에서 쭈뼛거리던 평소와는 정반대의 모습이다.

"제목은《그림자 실종사건》[2]입니다."

"어? 저거 재밌는데."

아는 척을 하는 민주의 혼잣말에 광재의 목소리에 더욱 힘이 실린다.

"주인공 연우는 시골로 이사를 왔습니다. 낯선 동네와 학교에 대한 스트레스가 점점 커져 가던 중, 연우는 자기 그림자가 점점 희미해지고 있다는 것을 알게 됩니다. 그리고 몸도 점점 약해지고 있다는 사실을 깨닫게 되는데, 결국 몸이 아파 학교를 결석한 그날, 학교에 또 다른 연우가 등교했다는 소식을 듣게 됩니다. 또 다른 연우와 마주하게 된 진짜 연우는 과연 어떻게 되었을까요?"

광재 답지 않은 유창한 말솜씨에 아이들이 제법 놀란 표정이었다.

"뭐야, 어디서 베낀 거 아니야?"

학수가 못 믿겠다는 듯 광재를 훑어보았다.

"야!! 재밌으면 재밌다고 하지?"

"그래, 광재가 안 해서 그렇지 한 번 하면 제대로 하는 스타일

---

2) 정현정 지음《그림자 실종사건》, 살림어린이.

이야. 그치?"

"그럼요! 제가 또 국어에는 소질이 있죠."

거들먹거리는 광재를 보다가 민주가 슬쩍 광재 손에 들린 책을 들어 올렸다.

"선생님, 방금 광재 발표 여기 책 뒤에 있는 내용이랑 똑같은데요."

눈치 빠른 민주의 말에 광재의 얼굴이 빨갛게 달아올랐다.

"똑같은 건 아니거든!"

그럼 그렇지, 웬일로 순순히 숙제를 해왔나 했다.

"그래도 읽긴 읽은 거지?"

"그럼요!"

이번엔 진짜라는 듯 한껏 억울한 표정이다.

"그래. 책 뒤에 있는 것도 줄거리긴 하니까, 대신 다음엔 더 정성껏 해오기로 하고! 오늘 광재 이야기 듣고 저 책 한번 읽어보고 싶어진 사람?"

유정의 질문에 아이들이 잠시 망설이다가 하나둘 손을 들어 올렸다. 현규, 수연이, 진원이, 민주, 혜영이. 이번엔 다섯 명이다.

"자, 이번 책은 진원이가 읽으면 되겠다."

다음으로 수연이와 학수, 태광이와 상태의 이야기가 이어졌다. 남은 건 민주와 현규, 혜영이. 민주가 먼저 손을 들고 나와 초등학생들의 사랑 이야기를 들려주었다. 간지러운 대사가 이어질 때마다 남자아이들이 오바이트 하는 흉내를 내며 호들갑을 떤다.

"민주 이야기도 재밌는데? 삼각관계라. 주인공이 결국 누구 마음을 받아주게 될까?"

"선생님도 삼각관계 해보셨어요?"

"그럼, 선생님 좋아하는 남자가 얼마나 많았는데."

"에~이, 말도 안 돼."

선생님의 연애는 상상도 할 수 없다는 듯, 아이들의 표정에 장난기가 가득하다.

"자! 믿건 안 믿건 그건 사실이고! 다음은 혜영이?"

현규와 혜영이를 번갈아 보다가 아무렇지도 않게 혜영이를 먼저 불렀다. 아까부터 입술만 잘근잘근 깨물고 있는 걸 보니, 현규는 오늘도 숙제를 안 해온 모양이다.

"제가 고른 책 이름은 《동구 뚱구》[3]입니다."

재미있는 책 제목에 아이들이 키득거리며 시선을 집중한다. 잠시 민망해하던 혜영이가 목소리를 가다듬고, 집에서 붙여온 포스트잇을 따라 이야기를 시작했다.

"말썽쟁이 동구 앞에 어느 날 거울 속 '나'인 뚱구가 나타납니

---

3) 오은영 지음 《동구 뚱구》, 효리원.

다. 똥구는 동구를 대신해 학교도 가주고 가기 싫은 학원도 대신 가주지요."

"우와 짱이다, 진짜면 대박."

상태의 반응처럼 아이들 모두 공감 백배인 표정이다.

"엄마도 말썽꾸러기 진짜 동구보다 거울에서 나온 착한 똥구를 더 좋아합니다. 동구는 공부처럼 하기 싫은 일을 모두 똥구에게 시키고, 게임처럼 재미있는 일만 자기가 전부 다 합니다. 그러다 보니 거울 속 똥구의 존재가 점점 커져만 갑니다. 이러다 진짜 자신이 없어져 버리는 건 아닐까. 동구는 점점 불안해지기 시작합니다. 동구는 과연 똥구에게서 자신의 자리를 되찾아 올 수 있을까요?"

혜영이 집에서 생각해 온 질문을 마지막으로 책을 덮었다.

"안 돼, 불쌍한 동구."

원국이가 이야기에 빠져 한탄을 내뱉었다.

"우와, 혜영이 진짜 성우 같은데? 동구가 어떻게 되었는지 이어서 읽고 싶은 사람?"

유정의 질문이 끝나기가 무섭게 아이들이 우르르 손을 들었다. 그중에서 가장 간절한 표정으로 눈이 마주친 광재에게 혜영이의 책이 돌아갔다.

"자, 그럼 혜영이한테도 박수!!"

진심 어린 박수 소리에 혜영이의 두 볼이 발그레해 졌다. 일주일

간 얼마나 많은 연습을 했을지, 안 봐도 그 노력이 보이는 것 같다.

"이제 남은 건 현규?"

아이들의 시선이 일제히 현규를 향하고, 현규가 인상을 찌푸린 채 고개를 돌렸다.

"현규, 책 준비 안 해 왔어? 선생님이 수업은 수업이라고 했는데."

그러거나 말거나 시큰둥한 표정을 보니 오늘도 편하게 보내기는 틀린 것 같다.

"현규는 이따 상담실에서 보자."

싸늘해진 분위기에 아이들이 덩달아 긴장한 모습들이다.

"자, 나머지 친구들은 약속한 선물!"

"우와, 전부 다요?"

기대도 안했다는 듯 상태가 신이 나서 두 손을 모은다.

"응! 오늘은 다들 너무 잘했어!"

유정이 가방 안에서 아홉 권의 책을 꺼냈다. 《타임캡슐》 베이지색 표지에 검은색 제목이 인쇄되어 있다. 책을 받아 든 아이들의 표정이 어리둥절해진다.

"이게 뭐예요?"

이리저리 책을 넘겨보는 아이들. 그러다 학수가 가장 먼저 책 뒤에 적힌 글자를 발견했다.

"지은이 진유정?"

학수의 말에 아이들이 너도나도 책 맨 뒤를 펼쳐 들었다.

"그럼 설마 이거!"

못 믿겠다는 듯 유정을 바라보는 아이들.

"맞아, 사실 그거 선생님이 쓰고 있는 첫 번째 소설이야."

"우와……."

태클 걸기 좋아하는 광재도 이번만큼은 조금 놀란 듯 입을 떡 벌리고 있다.

"그럼 이거 진짜 책으로 나와요?"

"글쎄, 완성해 보고 재밌으면?"

"아직 완성 안 된 거예요?"

"응. 너희들이랑 같이 완성하려고."

유정의 이야기에 아이들의 입이 다시 한 번 떡 벌어졌다.

"그럼 오늘 수업은 여기까지, 선생님 책 다 읽으면 소감 하나씩 이야기 해주기다!"

수업이 끝나는 종소리가 울리고, 현규를 제외한 아이들이 모두 품 안에 책 두 권씩을 안고 집으로 돌아갔다. 궁금증을 참지 못해 벌써 책을 펼쳐 보는 아이들부터, 다른 친구 책이 궁금해 다음 순서를 예약하는 아이들까지, 책 읽기에 이토록 열정적인 모습을 보이는 것도 참 오랜만이다.

"죄송합니다."

상담실에 들어가 앉자마자 현규가 말했다. 뜻밖의 사과에 당황하고 있는데, 귀까지 빨개진 모습이 눈에 들어왔다. 죄송하다는 말을 하기까지 나름대로는 큰 용기가 필요했을 것이다.

"그래도 숙제할 시간이 일주일이나 있었는데, 잊어버린 거야? 선생님은 현규가 요즘 좀 달라진 것 같아서 좋았는데, 학교도 안 빠지고 숙제도 다 해왔었잖아."

"……."

"글쓰기싫은부 하기 싫어졌어?"

유정이 현규의 표정을 살피며 조심스럽게 말을 이었다.

"아니요."

"책 고르는 게 좀 어려웠니?"

"……."

"그래도 반성하고 있는 것 같으니까."

아까 아이들에게 나누어주고 남은 책 한 권을 꺼내 현규에게 건네려는데, 책상 아래서 가방 지퍼 여는 소리가 났다. 머뭇거리는 현규의 손에 책 한 권이 들려 있다.

"책 가져 왔었네? 근데 아까는 왜……."

"재미없는 것 같아서요."

핑계인지 변명인지 모를 말이었지만 이상하게도 피식 웃음이 나왔다. 어쨌든 오래 고민해 주었다는 사실이 고맙고 기특하게 느껴졌다.

"그럼 이건 선생님이 읽어야겠다. 괜찮지?"

순순히 책을 내미는 현규에게 가져온 책을 건네려다가 다시 책상 위에 올려놓고 맨 앞장을 펼쳤다.

─ 소중한 제자 현규에게. 진유정.

"이거 선생님이 처음으로 사인한 책이니까 평생 간직해야 돼."

현규가 대답 대신 쑥스러운 표정으로 책을 받아 가방에 밀어넣었다.

그날 퇴근길에는 소설책 대신 현규에게 빌려온 책을 꺼내 들었다. 생각보다 재밌고 유쾌한 내용이었지만 이상하게 자꾸 현규 생각이 났다.

열 글자로 말해요

"자, 다음은 내용 읽고 답해보기. 이 이야기 속에서 주인공은……."

여기까지 물었을 뿐인데 벌써 아이들의 표정에 지루함이 가득하다. 발표에는 전혀 관심이 없다는 듯 열심히 필기 중인 아이들도 보인다.

뻔한 질문과 뻔한 정답. 그런 아이들에게 유정이 다시 질문을 던졌다.

"그럼 방금 그 이야기, 한 문장으로 간추릴 수 있는 사람!"

의외의 질문에 몇몇 아이들이 눈을 반짝인다.

"없구나. 숙제 면제권 하나 쏠까 했는데."

숙제 면제권이라는 말에 이번엔 여기저기서 머리를 굴리는 모습이 보인다.

"저요! 황새가 조개를 먹으려다가 조개가 황새 물고 안 놔줘서 결국 둘 다 어부에게 잡혔다."

그럴듯한 혁준이의 발표에 곳곳에서 친구들의 탄성이 새어 나온다. 기세를 몰아 두 번째 미션!

"이번엔 열 글자로 줄여볼까?"

"황새에게 물린 조개 어부……."

"땡!"

"조개 먹던 황새……. 어부한테! 아, 아닌데."

이전까지는 볼 수 없었던 적극적인 모습이다. 수업에 별 관심이 없던 아이들까지도 손가락을 하나씩 꼽으며 글자 수를 맞춰보고 있다.

"선생님, 저요!"

오늘 처음으로 광재가 손을 들었다. 일어나면서도 손가락으로 계속 글자 수를 확인 중이다.

"조개와 황새 싸움 어부 승."

설마, 하며 손가락을 꼽아보던 아이들이 딱 떨어진 글자 수에 감탄을 한다.

"우와, 광재 대단한데!"

결국 숙제 면제권은 혁준이와 광재에게 돌아갔다. 얼떨결에 숙제가 없어진 광재는 5교시가 끝날 때까지 싱글벙글이다.

6교시가 되고, 글쓰기싫은부 아이들이 하나둘 교실로 들어섰다.

"선생님! 그 책 완전 재밌었어요! 근데 진짜 결말은 없어요?"

상태가 한껏 상기된 얼굴로 말했다.

"응, 시간이 없어서 아직 못 썼어."

"대박! 그거 쓰면 선생님 진짜 대박 날걸요?"

"그래? 그럼 지금이라도 다시 써봐야겠네."

"선생님, 책 진짜 재미있었어요."

진원이가 조용히 다가와 말했다. 진지한 표정으로 내뱉는 말이 제법 그럴듯한 독자처럼 느껴져 평을 들을 때마다 뿌듯한 기분이 들었다.

"오늘은 뭐해요? 이제 다음 시간이면 1학기 동아리 끝난다던데, 아쉬워요. 쌤."

학기 초에 비해 한층 가까워진 혜영이가 애교 섞인 목소리로 말했다.

"그러게, 언제 이렇게 시간이 가버렸지."

이 아이들과 이토록 정이 들어 버릴 줄은 미처 생각도 하지 못하고 있었다. 처음 명단을 받아들고 막막했던 마음을 떠올리면, 제법 잘 해오고 있다는 생각이 들었다.

"자, 오늘은 오랜만에 글자 수 미션!"

과제나 숙제, 활동이 아니라 미션. 단어만 살짝 바꾸었을 뿐인데, 아이들의 표정에 훨씬 생기가 돈다.

"미션 해결하면 상품 있어요?"

대가 없이도 열정을 보여주면 좋으련만.

"없어! 대신 해결 못 하면."

"남아서 청소."

광재가 대신 대답을 한다. 그럴 줄 알았다는 듯 알아서 자세를 고쳐 잡는 아이들.

"바로 하면 재미없으니까 게임부터 해볼까?"

미션 보다 더 아이들의 흥미를 자극하는 단어는 바로 게임이다. 미션과 게임만 가득한 학교라면 얼마나 좋을까.

"음. 시범을 먼저 보여야겠는데, 누가 한번 해볼까?"

"저요!"

발표 말고 모든 활동에 일단 손을 들고 보는 상태가 시범조 당첨이다.

"지금부터 선생님이랑 상태랑 다섯 글자로만 대화를 하는 거야."

설명과 함께 유정이 오른손을 쫙 펼쳐 들어 올렸다.

"방법 알았니?"

"네, 당연하죠."

"오늘 어땠어?"

상태가 잠시 눈을 굴리더니 별 고민 없이 대화를 이어갔다.

"저야 항상 굿."

"글쓰기 좋아?"

"희망은 있죠."

"요즘 고민은?"

"떨어진 성적?"

물 흐르듯 이어지는 질문과 대답에 아이들의 입술이 떡하고 벌어진다.

"자, 이제 어떻게 하는 건지 알았지?"

"그럼 질문은 누가 하는 거예요?"

"번갈아 질문."

"같이 할 사람은 어떻게 정해요?"

"제비뽑기지!"

유정이 수업 전에 미리 만들어 두었던 제비뽑기 막대를 꺼냈다. 막대 끝에는 아이들의 이름이 적혀 있다.

"자, 선생님이 먼저 한 명을 뽑으면 그 사람이 나와서 자기랑 대결할 상대를 뽑는 거야. 어디 보자. 오늘의 첫 타자는! 진원이."

진원이 긴장된 표정으로 웃으며 앞으로 나왔다. 그리고 상자 안에 손을 넣어 대결 상대를 뽑아 들더니, 묘하게 굳어진 표정으로 유정을 향해 막대를 내밀었다.

막대에 적힌 이름 손광재. 둘이 4학년 때 같은 반이었다는 건 유정도 이미 알고 있었다. 곤란해하는 광재 표정을 보니 둘의 관계가 그리 순탄치만은 않았던 것 같다.

"자, 누구부터 해볼까? 진원이?"

"네, 글쓰기 좋아?"

"아니, 그다지. 너는 어떤데?"

"나는 좋아해. 6학년 어때?"

"그저 그렇지, 너는 어떤데?"

"재밌고 좋아. 4학년 3반?"

"응, 나도 3반. 그땐 어땠어?"

글자 수에 신경을 기울이다 보니 어느새 그때 일이 자연스럽게 등장했다. 광재의 질문에 한참 고민하며 손가락을 꼽아보던 진원이 웃으며 대답을 이었다.

"외롭긴 했어."

진원이의 솔직한 말에 괜히 광재의 표정이 머쓱해진다.

"너는 어땠어?"

"그땐……. 미안해."

그리고 멈춰버린 광재의 질문. 이대로 진원이의 승.

다음은 혜영이가 나와서 원국이를 뽑았다.

"축구 재밌어?"

"재미는 있지, 뭘 먹고 컸냐?"

"안 먹었는데, 너도 좀 크지?"

"니 얼굴이나……."

뭐라 반박은 하고 싶은데, 도저히 다섯 글자로 줄일 자신이 없어 원국이 패.

다음은 민주와 상태의 대화. 상태가 여자아이들의 우상 ABO를 놀리는 바람에 흥분한 민주가 다음 질문을 떠올리지 못해 지고 말았다.

"이번엔 수연이가 뽑아볼까?"

수연이가 차분한 표정으로 나와 막대를 뽑아 들었다. 현규와 학수, 원국이의 시선이 관심 없는 듯 상자 안을 향하고 있다.

"어디 보자, 태광이네!"

태광이가 학수를 힐끗 쳐다보더니 의기양양한 표정으로 걸어 나왔다.

"넌 꿈이 뭐야?"

수연이 다운 질문이다. 뜻밖의 진지한 질문에 태광이가 당황한 듯 눈동자를 굴렸다.

"가수 되는 거, 넌 꿈이 뭔데?"

"소아과 의사. 2반은 어때?"

"담임 빼면 짱, 3반은 어때?"

"6년 중 최고."

한참 동안 싱거운 질문만 따라하던 태광이 결심한 듯 수연이를 똑바로 쳐다보았다.

"남자친구는?"

"그런 거 없어."

"좋아하는 앤?"

당황한 듯 망설이는 수연이와 교실 안에 흐르는 정적.

"오오올!! 이태광 너도 조수연 좋아하냐?"

분위기를 깨는 상태의 발언에 아이들이 일제히 상태를 흘겨보았다. 덕분에 끝나버린 게임. 아쉬움만 남긴 채 태광이 승이다.

마지막으로 학수가 앞으로 나왔다. 뽑을 것도 없이 남은 사람은 현규. 둘 사이의 대결에 지켜보는 아이들이 더 긴장한 눈치이다.

"그럼, 학수부터?"

한참 만에 드디어 학수가 입을 열었다.

"너 또 맞았냐?"

놀란 유정이 학수를 쳐다보았고 현규의 얼굴이 순식간에 붉게 달아올랐다.

"아이 씨, 뭘 안다고."

금방이라도 달려가 덤빌 듯한 현규의 기세에 학수가 주춤하면서도 지지 않고 현규를 노려보았다.

"너희 뭐하는 거야? 둘이 싸울래?"

단호한 유정의 목소리에 현규가 겨우 화를 눌러 참으며 뒤로 물러섰다.

"둘 다 들어가."

두 사람을 들여보내고 다시 수업이 이어졌다. 불쌍한 나머지 아이들은 게임의 승패도 가르지 못한 채 두 사람의 눈치만 살피고 있다.

"자, 그럼 진짜 승부는 지금부터! 이번에는 개인전이다!"

승부라는 말에 아이들의 신경이 다시 유정에게 집중되었다.

"이번엔, 다섯 글자가 아니라 한 문장으로 줄여보는 거야."

"어? 우리 했던 거다."

광재가 아는 척을 하며 분위기를 바꿔주었다.

"너희 백설 공주 알지?"

"네!"

"뭐였지, 독 사과였나."

"선생님이 한번 해볼게. 왕비한테 쫓겨난 공주가 독 사과 먹고 죽었다가, 왕자의 키스를 받고 깨어나 행복하게 살았다."

"우웩. 말도 안 돼."

"그럼 이번엔 흥부 놀부로 해볼 사람!"

유정의 말에 다들 열심히 머리를 굴리는 표정들이다.

"저요!"

"그래. 민주."

"착한 흥부와 못된 농부가 살았는데, 흥부가 제비 다리를 고쳐주고 박씨를 받는 걸 보고 놀부가 제비 다리를 부러뜨려 벌을 받았다."

"잘했는데, 조금만 더 짧은 문장으로 줄일 순 없을까?"

"저요! 착한 흥부가 제비 다리 고쳐주고 부자 됐더니, 못된 놀부가 제비 다리 부러 트리고 부자 되려다가 패가망신함."

태광이가 멋지게 문장을 완성해 주었다.

"좋아. 그럼 이번엔 열 글자로 줄여볼 사람."

"열 글자요? 너무 심했는데."

원국이가 말도 안 된다는 듯 고개를 젓는 사이 광재가 재빨리 손을 들어 올렸다.

"제비 덕에 팔자 고친 흥부."

"근데 뭔가 허전한데?"

"맞아요. 놀부 얘기도 없고."

"그럼, 학수가 한번 해볼까?"

"제비 덕에 흥부 상, 놀부 벌."

기발한 생각이다. 흥부는 상을 받고 놀부는 벌을 받았다니, 덕분에 글자 수도 딱 맞아 떨어졌다.

"오~ 이번엔 학수가 1등!"

아이들이 인정한다는 듯 고개를 끄덕였다.

"이제 방법은 확실히 알았겠고, 오늘의 미션은!"

유정이 설명과 함께 칠판에 무언가 적기 시작했다.

'《인어공주》,《토끼와 거북이》,《심청전》'

"자, 이 이야기는 다들 알지? 오늘 미션은 이 중 하나를 골라서 열 글자로 줄이기!"

유정의 이야기가 끝나자마자 아이들이 손가락을 들어 올렸다. 아까 연습했던 대로 글자 수를 세어 가며 이야기를 간추려 보는 아이들. 가방에서 노트를 꺼내 내용을 직접 적어보는 아이도 보였다.

"자, 다 된 사람은 여기 포스트잇에 적어서 제목 아래에 붙이는 거야. 이따 투표해서 오늘의 장원도 뽑을 테니까 기대해!"

"우와, 뽑히면 뭐 주는데요?"

"선생님의 관심과 사랑?"

"에~이, 전 거절이요."

유정의 싱거운 농담에 아이들이 피식 웃으며 활동을 이어갔다. 오늘따라 현규도 얌전히 문장을 써 내려간다.

"선생님! 저요! 다 했어요!"

질보다 속도를 중시하는 상태가 포스트잇을 번쩍 들고 앞으로 나왔다.

"이제 뭐해요?"

"다른 친구들 다 할 때까지 편하게 쉬어."

"아……. 심심한데, 그냥 하나 더 해도 되죠?"

하라고 하면 안 하고, 쉬라고 하니까 괜히 더 하고 싶어 하는 아이들 마음. 10분쯤 지나고 각 제목 아래에 아이들의 포스트잇이 주르륵 이어 붙었다.

"자, 그럼 투표를 시작해 볼까? 다들 스티커 세 개씩 받고, 제일 잘 썼다 싶은 작품 아래에……."

유정이 스티커 하나를 떼어 포스트잇에 붙이는 시늉을 했다.

"자기 거에 붙이면 안 되는 거 알지? 한 사람한테 두 개 붙이는 것도 금지!"

스티커를 받은 아이들이 제법 진지한 표정으로 칠판 앞에 모여들었다. 친구들의 글을 하나씩 읽으며 고민에 빠지는 아이들. 투표 사이사이 자기 작품에 붙은 스티커 수를 확인하는 것도 잊지 않는다.

"자, 그럼 오늘의 장원은!! 하나, 둘, 셋, 넷. 스티커를 일곱 개나 받은《토끼와 거북이》! 이거 쓴 사람이 누구지?"

아이들의 시선이 일제히 한곳을 향했다. 한쪽 구석에서 현규가 민망한 표정으로 손을 들어 올린다.

"우와!!! 진짜? 현규 대단하다! 이런 능력이 있을 줄은 몰랐네. 다른 친구들도 오늘 진짜 잘했어! 이야기 간추리는 거, 생각보다 어렵지 않지?"

"네!!"

아이들의 힘찬 대답 소리와 함께 수업이 끝나는 종소리가 울렸다.

"오늘의 장원인 현규는 여기 선물!"

유정이 교탁 위에 올려두었던 막대 사탕 하나를 현규에게 건넸다. 마음 같아서는 사탕이 아니라 머리라도 쓰다듬어 주고 싶은 심정이었지만.

"자, 오늘은 여기까지 하고, 다음은 마지막 시간이니까 더 열심히 해보자!"

유정의 인사에 자리에서 일어난 아이들이 자기가 쓴 포스트잇을 한 번 더 보겠다며 우르르 앞으로 나왔다.

"선생님, 저 이거 가져가도 돼요?"

라고 묻는 진원이와 자기 포스트잇에 붙은 스티커 수를 세어 보는 혜영이. 짧은 글이지만 스스로의 작품에 제법 뿌듯해하는 눈치들이다.

아이들이 모두 떠난 뒤, 유정이 칠판 앞으로 가서 스티커가 많이 붙은 작품들을 읽어보았다.

- 남자 땜에 말 잃고 물거품 '정민주'
- 약 오른 거북이 토끼 배신 '이태광'
- 아버지 위해 물에 퐁당 딸 '손광재'

마지막으로 오늘의 장원을 받은 현규의 작품이다.

- 성실한 놈이 빠른 놈 이김 '이현규'

내가 신이 된다면?

드디어 열 번째 수업이다. 순전히 아이들을 위해 시작했던 무모한 도전. 경쟁하듯 수학 문제를 풀고 역사 속 사건들을 달달 외워야 하는 현실 속에 조금이나마 쉬어갈 시간을 마련해 주고 싶었는지도 모른다.

"자, 오늘은 드디어 마지막 수업이지?"

"네! 아쉬워요!"

마지막이라 그런지 아이들이 더욱 초롱초롱한 눈으로 유정을 바라보았다.

"그동안 수고했으니까 오늘은 영화 하나 보여줄게!"

"진짜요? 우리 시간 얼마 없는데? 짧은 거예요?"

영화라는 말에 흥분한 광재가 시계를 보며 걱정스럽게 물었다.

"일단 보면 알지!"

교실 앞에 매달린 텔레비전 화면이 켜지고, 영화가 시작되었다.

주인공 브루스는 별 볼일 없는 지방 방송국의 리포터이다. 매일 유명 앵커를 꿈꾸며 평범한 삶을 이어가던 브루스에게 어느 날 기회가 찾아온다. 나이아가라 폭포의 23주년 기념일 취재를 맡게 된 것. 하지만 방송 직전, 공석으로 알고 있던 앵커 자리가 라이벌에게 돌아갔다는 사실을 알게 되고, 수백만 시청자 앞에서 험한 욕을 퍼부으며 방송을 망쳐버린다. 설상가상으로 건달들에게 몰매를 맞고 차가 엉망이 되고, 재수 없는 일들만 반복된다. 폭발 일보 직전이 된 브루스는 이게 다 신의 탓이라며 하늘을 원망하는데, 그 원망에 응답해 모습을 나타낸 신은 브루스에게 자신의 힘을 주며 얼마나 더 나은 세상을 만들 수 있는지 보자고 한다.

하루아침에 신의 능력을 갖게 된 브루스, 과연 그에겐 어떤 일이 생기게 될까?

누구나 한 번쯤은 꿈꾸어 본 이야기라 그런지 아이들이 금방 영화에 빠져들었다. 신의 능력을 확인하고 뛸 듯이 기뻐하던 브루스가 다음 행동을 이어가려는데, 유정이 마우스를 움직여 일시 정지 버튼을 눌렀다. 당황해서 쳐다보는 아이들. 유정이 웃으며 교탁 앞으로 걸어 나갔다.

"자! 오늘 영화는 여기까지!"

유정의 말에 아이들이 아쉬운 듯 시계를 쳐다보았다.

"아직 10분 남았는데요?"

"음. 마지막 인사는 해야지! 미션 설명도 해야 하고."

"미션이요?"

"응. 여름방학 특별 미션!"

"아. 방학 숙제?"

숙제란 말에 아이들의 표정이 순식간에 일그러진다.

"자, 자. 진정하고, 방금 본 이야기 있지? 우리도 한번 상상해 보는 거야. 평범하고 별 볼일 없고 심지어 재수도 드럽게 없는 브루스에게 신의 능력이 생겼어. 그럼 그다음엔 어떤 이야기가 펼쳐질까?"

유정이 미리 준비해 놓은 A4 용지를 꺼내 들었다. 종이 맨 위에 단 한 줄의 문장이 인쇄되어 있다.

'어느 날, 브루스에게 무엇이든 할 수 있는 신의 능력이 생겼다.'

아이들이 종이를 받아들고 어리둥절한 표정으로 유정을 바라보았다. 이렇게 막막한 숙제는 또 처음이라는 반응들이다.

"선생님이 한번 해볼까? 어느 날 브루스에게 무엇이든 할 수 있는 신의 능력이 생겼다. 브루스는 그 길로 즉시 은행에 달려갔다. 아니, 달려갈 필요도 없이 은행에 있는 돈을 모두 빼서 자기 통장으로 옮겼다."

"그럼 잡혀 갈 텐데?"

"모르게 하면 되지. 신인데 어때."

"그럼 이건 어때?"

유정의 두 번째 이야기가 시작되고 아이들도 함께 상상의 나래를 펼치기 시작했다.

"어느 날 브루스에게 무엇이든 할 수 있는 신의 능력이 생겼다. 브루스는 그 능력으로 점집을 차렸다. 사람들의 과거, 현재, 미래를 맞추며 떼돈을 벌었다."

"우와, 대박이네."

"너희가 신이라면 뭘 할 수 있을까?"

질문을 들은 아이들이 눈동자를 굴리며 생각에 잠겼다.

"학교랑 학원 없애기."

"먹고 싶은 거 다 먹기."

"에-이, 너무 시시한데? 뭐든지 할 수 있는 신인데, 겨우 그런 것만 할 거야?"

"너무 어려워요."

상태가 괴로워하며 머리를 쥐어뜯었다. 차라리 수학 문제가 낫 겠다는 표정이다.

"이걸 언제 다 써요!"

이번엔 광재가 말했다. 글쓰기 싫은 아이들에게 하얀 건 종이 요, 검은 건 글씨일 뿐.

"어? 쓰라고 안 했는데? 이 문장 뒤에 이어질 내용을 그냥 상상 해 보는 거야. 글로 써도 되지만 말로 하는 것도 좋아. 자신 있으 면 즉석에서 떠올리는 것도 오케이!"

"에~이, 그거 그냥 써 오란 말이잖아요."

선생님들의 수법이야 뻔하다는 듯 태광이가 볼멘소리를 한다.

"아닌데? 선생님이 약속했잖아. 쓰고 싶을 때까지 절대 쓰라고 하지 않기."

"그럼 분량 제한은요?"

"없어."

"글씨랑 맞춤법은요?"

"안 보고 듣기만 할 거야."

"한 줄도 되는 거죠?"

"응!"

"뭐야, 쉽네!"

원국이의 말에 나머지 아이들도 동의하는 표정들이다.

"자, 오늘 수업은 여기까지, 한 학기 동안 글쓰기 준비하느라 진짜 수고 많았어."

"글쓰기 준비요? 우리 맨날 미션만 했는데."

유정이 텔레비전을 켜고 '글쓰기싫은부' 수업 계획서를 클릭했다. 열 칸짜리 표 안에는 한 학기 동안 활동했던 내용들이 쭉 나열되어 있다.

"이건 우리가 지금까지 했던 활동들이야. 이 중에 어떤 게 가장 재미있었는지 얘기해볼까?"

아이들이 잠시 기억을 떠올리며 생각에 잠긴다. 역시나 제일 먼저 손을 드는 상태.

"저는 그 남자 그 여자의 사연이요. 친구들 이야기 들으니까 진짜 그런 사연이 있는 것처럼 느껴져서 신기했어요."

이번엔 진원이가 손을 들고 일어났다.

"단어 퍼즐이요. 아무렇게나 뽑은 단어들이 모여서 이야기가 되는 게 재미있었어요."

"그래, 그때 태광이가 의외의 모습을 보여줬었지? 태광이는 어떤 게 제일 좋았어?"

"전지에 낙서한 거요. 수업 시간에 낙서를 한다는 게 신기하기도 했고."

"낙서로 이야기 만든 것도 재미있었어요!"

원국이가 덧붙인다.

"전 책 읽어 주기 했던 거요. 앞부분 듣고 읽으니까 책에 더 흥미도 느껴지고."

"우리 혜영이는 나중에 진짜 성우나 구연동화 해도 되겠더라."

유정의 칭찬에 혜영이가 쑥스럽게 웃었다.

"열 글자로 줄여보는 건 어땠어? 우리 그때 다섯 글자로 말하기도 했었지?"

그때의 민망함이 떠오르는 듯 아이들 입에서 탄식이 새어 나온다.

"다섯 글자 말하기는 좀 민망했는데, 이야기 간추리기는 괜찮았어요."

"국어 수업도 그렇게 하면 좋을 것 같아요."

"저희 대진 쌤한테도 좀 전수해 주시죠?"

학수가 어른스러운 말투로 말했다. 무뚝뚝한 학수로서는 최대의 칭찬이다.

"우리 현규랑 수연이는 어땠어?"

두 사람의 이름이 함께 불리자 현규가 흠칫 놀라며 유정을 바라보았다.

"저는 첫 시간에 했던 다른 용도 떠올리기요. 그 뒤로 물건들 보면 괜히 더 생각해보게 돼요."

수연이가 말했다. 그 옆에서 현규는 여전히 입을 꾹 다물고 있다.

"현규는 뭐 재밌었던 거 없었어?"

"단어 퍼즐이요."

짧은 대답이었지만 진심은 충분히 담겨있다.

"그래, 너희가 그렇게 느꼈다는 건 다들 선생님 말을 열심히 따라줬기 때문일 거야. 이제 준비는 다 된 것 같으니까, 2학기 때는 진짜 글이 쓰고 싶어지게 만들어 줄게."

"그래도 안 쓰고 싶으면요?"

청개구리 광재가 물었다.

"그럼 안 쓰면 되지!"

유정이 싱긋 웃으며 대답했다. 글쓰기에 절대로 부담을 주지 않기. 처음 정했던 원칙이 아직까지는 잘 지켜지고 있다.

"자, 그럼 다들 방학 잘 보내고!! 방학 미션 완수해서 2학기 때 만나자!"

"네!"

"마지막으로 인사하고 마칠 건데, 누가 한번 해볼까?"

아이들이 당연하다는 듯 상태를 쳐다보았고, 상태가 씩 웃으며 손을 번쩍 들어 올렸다.

"제가 한번 해보겠습니다! 차렷! 진유정 선생님께 경례!!"

우렁찬 구령 소리와 함께 아이들이 힘차게 인사를 했다.

"감사합니다!!!"

교실을 나서는 아이들과 한 명 한 명 눈을 맞추며, 글쓰기싫은 부의 1학기 수업이 무사히 마무리되었다.

두근두근 방학숙제 검사

여름방학이 끝났다. 글쓰기 수업을 위한 연수를 찾아 듣고, 이런 저런 자료를 준비하느라 한 달 정도의 시간이 훌쩍 지나가 버렸다.

"선생님, 저 이만큼이나 썼어요!"

개학 날 아침부터 상태가 신이 난 얼굴로 유정을 찾아왔다. A4 용지 앞뒷면을 빼곡히 채운 글씨들. 변화는 수연이의 일기장 속에서도 보였다.

'예전에는 글쓰기가 어렵고 싫었었는데, 글쓰기싫은부에서 쓰는 글은 너무 재미있어서 자꾸 쓰고 싶어진다. 빨리 개학해서 다른 친구들 이야기도 들어보고 싶다.'

유정이 웃으며 일기 아래 답글을 달았다.

글쓰기가 재미있어 졌다니 정말 다행이다. 나중에 진짜 작가 되면 선생님 모른 척하기 없기다! ^^

개학 후 2주가 지나고 다시 동아리 활동이 시작되었다. 아이들이 하나둘 교실로 들어오고 교실 수업과는 사뭇 다른 표정으로 자세를 고쳐 잡았다.

"다들 방학 잘 보냈지?"

활기찬 대답 사이로 어색한 공기가 포착되었다. 아까부터 원국이가 죽을상을 하고 있다. 누구랑 싸운 건가 싶어 표정을 살피고 있는데 상태가 살짝 귀띔을 해준다.

"이원국, 조수연한테 고백했다 차였대요. 지금 엄청 쪽팔릴 거예요."

그러고 보니 항상 수연이 근처에 앉아 있던 원국이었다. 운동밖에 모르던 성격에 처음 해본 짝사랑이었을 텐데, 어쩐지 애잔한 마음이 들면서도 피식 웃음이 터졌다.

"자, 그럼 미션 검사 먼저 해볼까?"

모르는 척 이야기를 이어나갔다.

"저요. 저요!"

상태가 고맙게도 먼저 손을 들어준다.

"어느 날, 브루스에게 무엇이든 할 수 있는 신의 능력이 생겼다. 브루스는 제일 먼저 세계에서 가장 큰 집을 샀다. 백만 평 정도의 땅에 정원과 수영장, PC방과 당구장, 전 세계 맛집과 쇼핑센터를 모아놓은 집이었다. 그곳에서 브루스는 하루 종일 하고 싶은 일을 다 하면서 지냈다. 매일 1억 원을 쓰며 살다 보니 점점 심심해졌다. 그래서 평소에 싫어하던 사람들을 골탕 먹이기로 했다. 자기를 괴롭히던 사장님을 찾아가 대머리를 만들고, 어릴 때 자기를 괴롭히던 친구들을 찾아갔다. 친구들은 아무것도 모르고 브루스를 무시했다. 브루스는 친구들에게 복수를 하기 시작했다."

브루스가 된 상태의 복수는 그 뒤로도 한참 동안 이어졌다. 신이라기보다는 한 많은 귀신이 된 것 같아 문제였지만, 아이들이 제법 흥미롭게 상태의 이야기에 귀를 기울였다. 다음은 수연이의 발표.

"어느 날, 브루스에게 무엇이든 할 수 있는 신의 능력이 생겼다. 브루스는 이 능력을 살려 사람들의 소원을 들어주기로 했다. 모두가 잠든 새벽, 가만히 신경을 집중하니 신을 부르는 사람들의 소리가 들렸다. '하나님, 제발 저희 아이 좀 살려주세요.' 소리가 들리는 곳으로 가보니 가난한 엄마가 아픈 아이가 있었다. 브루스가 능력을 발휘하여 아이를 살리려고 하는데, 하늘에서 다시 목소리가 들려왔다. '신의 능력을 쓰려거든 니가 가진 가장 소중한 것 하나를 주어야 한다.' 브루스는 고민에 빠졌다. 아이의 목숨을 위해 내가 가진 것을 포기할 수 있을까?"

어느새 아이들이 이야기 속 주인공이 되어 함께 고민에 빠졌다. 신의 능력을 가지는 조건으로 가장 소중한 것 하나를 잃어야 된다는 것, 어쩐지 수연이 다운 발상이었다.

좋아하는 아이돌 그룹의 옆집에 살아보고, 앞으로 일어날 일을 모두 맞추어 유명인이 되겠다는 아이도 있었다. 다들 한 페이지 가득 이야기를 써온 걸 보니 뜻밖의 상상이 꽤나 흥미로 웠던 모양이다.

"자, 그럼 다음은 광재 이야기를 들어볼까?"

아까부터 기분이 좋아 보이던 광재가 어울리지 않게 부끄러워 하며 앞으로 나왔다.

"어느 날, 브루스에게 무엇이든 할 수 있는 신의 능력이 생겼다. 브루스는 방송국에서 나와 회사를 차렸다. 회사 이름은 '무엇이든 해주는 회사'였다. 사람들이 찾아와 부탁을 하면 브루스가 그 부탁을 들어주고 돈을 받았다. 바람피운 남편을 잡아달라는 아줌마도 있었고, 싫어하는 사람에게 복수를 해달라는 부탁도 있었다. 브루스는 나쁜 부탁에는 돈을 비싸게 받고 착한 사람에게는 돈을 조금만 받았다. 그러던 어느 날, 한 남자아이가 찾아와서 부탁을 했다. 그 부탁 내용은."

"한혜영이랑 사귀게 해주세요."

태광이가 불쑥 끼어들어 한마디를 더한다.

"아!"

광재가 얼굴을 붉히며 태광이를 노려보고 동시에 혜영이가 태광이에게 눈을 흘겼다.

"왜! 너희도 설마 비밀 연애냐?"

방학 동안 아이들 사이에 일어나는 일들을 대충은 알고 있었지만, 광재와 혜영이라니 의외의 조합이다.

"자, 사적인 대화는 수업 끝나면 하고, 태광이 자꾸 그러면 질투한다고 생각할 거야!"

"아! 선생님, 제가 왜요!"

유정의 정리로 상황이 마무리되고 광재의 발표가 이어졌다.

중간고사에서 1등을 하게 해달라는 소년의 부탁. 브루스의 도움으로 소년은 1등을 하게 되지만, 그 소문을 들은 전국의 학생들이 몰려와 모두 1등을 하게 해달라고 한다. 돈은 얼마든지 줄 테니 성적만 올려달라는 학생들. 결국 브루스는 시험을 아예 없애버린다. 그랬더니 학생들이 달려와 수행평가 A를 맡게 해달라고 빌고, 결국 수행평가도 없애버린다. 그렇게 결국 학교가 없어지게 되고 학생들이 자유를 되찾게 된다는 내용. 황당하긴 하지만 아이들에겐 가장 큰 공감을 받았다.

"다음은 현규!"

현규가 무덤덤한 표정으로 앞으로 나왔다. 슬쩍 과제 종이를 보니 절반 정도 내용이 채워져 있다.

"어느 날, 브루스에게 무엇이든 할 수 있는 신의 능력이 생겼다. 하지만 브루스는 아무것도 하고 싶지 않았다. 귀찮았기 때문이다. 사람들은 신이 된 브루스를 부러워했지만 브루스는 그저 그랬다. 그래서 신의 능력을 다시 팔아버렸다."

"아! 아까워!"

민주가 진심으로 아쉬워하며 말했다.

"오! 뭔가 새로운 발상인데?"

유정이 일부러 현규의 기를 살려주었다. 써온 양으로 봐서는 서너 줄 정도 이야기가 더 있는 것 같은데, 이제 와서 읽어보니 새삼 민망해진 모양이다.

"좋아. 이번엔 진원이가 해볼래?"

진원이의 이야기는 5분이 넘게 이어졌다. 직접 써온 이야기만 무려 A4 용지 4장이었다. 슬쩍 보기에도 길어 보이는 양에 친구들의 불만이 터져 나왔다.

"선생님, 저거 언제 다 들어요?"

내심 긴장하고 있던 진원이도 이걸 다 읽어야 하나 갈등이 되는 표정이었다.

"그럼, 선생님이 읽어줄까?"

뜻밖의 제안에 아이들이 일제히 유정을 바라보았다. 1학년 아이들의 경우 발음이 부정확하거나 목소리가 너무 작은 경우가 있어 유정이 종종 사용하던 방법이었다.

"원래 라디오도 작가랑 DJ가 따로 있는 거 알지? 오늘은 선생님이 재능 기부 좀 해봐야겠네. 흠흠."

능청스러운 유정의 말에 진원이가 수줍게 웃으며 숙제를 내밀었다.

"어느 날, 브루스에게 무엇이든 할 수 있는 신의 능력이 생겼다."

진원이의 상상 속에서 신이 된 브루스는 하늘을 날아 우주로 간다. 우주에서 여러 신들과 만나 회의를 하게 되는데, 그 내용이 너무 그럴듯해서 감동할 지경이었다.

"우와. 강진원 대박!"

이야기가 끝난 뒤에도 한참 동안 아이들의 감탄이 이어졌다. 걱정하던 진원이의 표정에도 그제야 살짝 미소가 번졌다.

"역시 우리 진원이네, 이런 생각은 선생님도 못하겠는데?"

유정이 한 번 더 칭찬하자 진원이 하얀 이를 드러내 보이며 환하게 웃었다.

"선생님! 다른 거 또 없어요? 저 이제 진짜 잘할 수 있는데."

상태가 말했다. 나름대로 심혈을 기울인 글이 진원이에게 밀리자 갑자기 승부욕이 발동한 모양이다.

"진짜 실력은 다음 시간에 알아보기로 하고, 오늘은 여기까지! 다들 수고 많았어!"

아이들이 모두 떠난 뒤, 검사를 위해 걷어 놓은 방학 미션 학습지를 꺼내 들었다. 삐뚤빼뚤한 글씨와 여러 번 썼다 지운 흔적들. 아이들이 조금씩 글쓰기에 흥미를 느껴 가는 것 같아 뿌듯함이 느껴졌다. 이대로라면 아이들을 위해 스토리텔링 수업을 개설하는 일도 머지않은 것 같다.

복도에서 학원 가기 싫은 아이들의 투덜거림이 들려왔다. 과연 스토리텔링 수업이 끝까지 아이들의 마음을 움직여 줄 수 있을까?

뒷이야기 이어쓰기
- 첫 번째 이야기

교실에는 유독 교사에게 호의적인 아이가 있다. 딱히 어떤 혜택을 받아서도 아니고, 특별한 사건이 있던 것도 아니지만, 유난히 교사를 잘 따르며 아이들 사이의 일을 세세히 전달해 준다. 3반에서는 주현이가 그런 아이였다. 매일 학교에 오면 밤새 아이들 사이에 있었던 일들을 알려주고 자기들끼리 주고받은 SNS 화면까지 보여주었다. 요즘 학수가 부쩍 수연이를 자주 언급한다는 것도 주현이를 통해 알게 되었다.

주현이가 보여준 화면 속에 운동장에서 피구를 하고 있는 3반 여자아이들의 사진이 보이고, 사진을 올린 1반 아이가 이모티콘을 섞어가며 적은 글이 눈에 띄었다.

- 오학수, 선물이다! 이러고 있어도 이쁘냐?? ㅋㅋㅋ

그 아래 줄줄이 아이들의 댓글이 달렸다.

- 야! 사진 내려라. 스토커라고 신고하기 전에.
- 내 얼굴은 왜 저래. ㅠㅠ
- 니 본판보다 낫거든? ㅋㅋ
- 학수 아직도 좋아하냐?

하루에도 몇 번씩 바뀌는 닉네임과 함께, 낯선 말투, 낯선 용어들이 스마트폰 화면을 가득 채우고 있다.

"여기 다크블러드가 학수거든요. 얘, 요새 맨날 이래요!"

주현이 손가락으로 가리키는 댓글에 학수의 아이디가 보였다.

다크블러드 : 지수 땡큐! 역시 여신이네, 여신

사진 속에 수연이 체육복 차림으로 서 있다. 지난 시간에는 글쓰기싫은부 수업이 끝나고 학수가 수연이를 따로 불렀다.

"이거 먹어."

영어 시간에 원어민 선생님에게 받은 외국 사탕이다. 당황한 수연이 어떤 반응을 보일 새도 없이 학수가 후다닥 교실을 나가버렸다. 못마땅한 표정으로 그 모습을 보고 있는 현규. 그러다 고개를 돌리던 수연과 눈이 마주치자 얼른 시선을 피해 버렸다.

자기감정을 다 드러내 보이며 친절하게 굴다가 금세 무뚝뚝한 남자아이가 되어버리는 아이들의 연애. 그 간질간질하고 달콤한 장면들을 보고 있자니, 요즘 유행하는 두 글자의 단어가 떠올랐다.

밀. 당. 글쓰기에도 밀당을 해보는 건 어떨까?

아이들과 함께하는 열두 번째 수업은 그렇게 시작되었다.

"자, 오늘은 선생님이 이야기를 들려 줄 거야."

처음엔 이야기라는 말조차 어색해 하던 아이들이 익숙하게 자세를 고쳐 앉았다.

"잘 듣고 한번 떠올려 봐. 어느 여름 날, 수업이 끝나고 집에 돌아가는 길이었어."

아이들을 가장 빨리 이야기에 빠지게 하는 비법은 지금 현재 상황과 가장 비슷한 이야기를 들려주는 것이다.

"그날따라 친한 친구들은 모두 학원에 가 버리고, 학원에 다니지 않는 나만 혼자 학교를 나섰지."

"우와 좋겠다."

상태의 방해에 아이들이 눈을 흘기며 조용히 하라는 눈치를 줬다.

"날씨는 덥고 빨리 집에 가서 시원한 콜라나 마셔야겠다, 생각하고 있는데, 마침 길에서 공사를 하고 있는 거야. 하는 수 없이 평소엔 잘 가지 않는 골목길로 향했어. 사람이 거의 없는 길을 빠르게 걸어가는데, 눈앞에 빨간 무언가가 보이는 거야!"

아이들의 눈빛이 한순간에 확 진지해진다.

"가까이 다가가보니 빨간색 지갑 하나가 떨어져 있었어. 주위를 둘러봤지만 개미 한 마리도 보이지 않아. 그래서 나는!"

유정이 이야기를 멈추고 아이들을 바라보았다.

"어떻게 했을까?"

"아!!! 또 거기까지예요?"

원국이 아쉬워하며 아이 같은 표정을 지었다.

"떠올려 봐, 아무도 없는 골목길에 떨어져 있는 빨간 지갑 하나. 다음에 어떤 일이 일어났을까?"

"으……. 어쩐지 무섭다."

혜영이가 말했다.

"저라면 주워서 경찰서에 갖다 줘요. 그리고 보상금 달라고."

원국이의 말에 아이들이 그럴 리 없다는 듯한 표정으로 원국이를 바라보았다.

"그냥 주워서 열어 봐요. 일단 집에 가져가서 주인을 찾아주던지, 뭐."

"전 그냥 갈 것 같아요. 누가 보고 오해하면 어떻게 해요."

"나 같으면 그냥 열고 써 버릴 것 같은데?"

"그럼 너무 나쁜 애 같잖아."

유정이 열심히 상상 중인 아이들을 잠시 멈추게 하고 준비한 학습지를 꺼내 들었다.

"세상에 나쁜 이야기, 좋은 이야기는 없어. 이야기 속 주인공은 내가 아니라 제3의 인물이니까. 이제 방금 이야기한 것들을 글로 한번 써 볼 건데? 물론 쓰기 싫으면 그냥 생각해 놨다가 발표해도 좋아. 더 쓰고 싶으면 종이는 얼마든지 있고!"

유정의 말에 아이들이 순순히 학습지를 받아들었다. 처음부터 불쑥 학습지를 나누어 주었더라면 또 글쓰기를 강요한다면서 불만 꽤나 했을 아이들이었다. 맨 앞에 앉아 있던 진원이 학습지에 적힌 문장을 조그맣게 읽어 보았다.

"길 위에 빨간 지갑이 떨어져 있었습니다."

다음은 글을 이어 쓸 수 있도록 검은 밑줄이 죽 이어져 있다.

"글에는 정답이 없는 거 알지? 나랑 생각이 다르다고 해서 비웃거나 손가락질 하는 사람이 이상한 거야. 이제 앞 상황은 충분히 알았으니까, 다음 이야기는 너희가 마음껏 이어가 봐."

유정의 설명을 듣기도 전에 여기저기서 연필을 움직이는 소리가 들렸다. 저절로 떠오른 생각들이 정리할 새도 없이 마구 뿜어져 나오고, 그나마 조금 침착한 아이들은 빈 종이를 가져다 가만히 생각을 정리하고 있다.

"나 완전 무섭게 써야지."

"선생님! 지갑 안에 얼마 있든 상관없는 거죠?"

서로의 질문을 들을 때마다 새로운 아이디어가 또 쏟아져 나온다. 썼던 글을 지우고, 새로운 생각들을 더해가는 사이 연필 사각대는 소리가 교실 안을 가득 메웠다.

"자, 이제 5분만 더 줄 테니까 마무리!"

손에 땀을 닦아가며 글을 쓰고 있던 아이들이 깜짝 놀라며 시계를 쳐다보았다. 언제 이렇게 시간이 가버렸냐는 듯한 반응들이다.

"어? 아직 다 안 됐는데."

"선생님, 10분만 더 주시면 안돼요?"

"너희 왜 이렇게 무리하는 거야. 우리 글쓰기싫은부인 거, 잊었어?"

유정의 말에 아이들이 머쓱해하며 서로를 쳐다보았다.

"저 진짜 나오는 대로 썼는데."

상태가 괜히 쑥스러워 하며 말했다.

"나도. 이거 그냥 발표 안 해도 되죠?"

아직은 최선을 다했다는 말보다 대충했는데도 잘했다는 칭찬이 더 듣고 싶은 아이들이다.

"그럼! 처음 써 보는 건데, 잘 쓰면 그게 비정상이게? 그럼 오늘은 일단 여기서 종 칠 때까지 쓰고, 다음 시간에 가져오는 걸로 하자!"

"아싸! 저 종이 더 가져가도 되죠?"

"저두요!!"

진즉에 글을 다 완성해놓고 앉아 있던 현규와 태광이를 제외하고는 다들 시간이 더 있다는 게 다행이라는 표정들이다.

"선생님, 저 그냥 포기하면 안돼요?"

넘치는 의욕으로 너무 오래 고민을 하던 원국이가 어느새 벌게진 얼굴로 말했다.

"포기? 그건 원국이랑 안 어울리는 말인데, 한 문장이라도 좋으니까 일단 써 와 봐. 길 위에 빨간 지갑이 떨어져 있었습니다. 그 지갑을 주워 경찰서에 가져다주었습니다. 이렇게라도 써 오면 되는 건데?"

웃으며 말했지만, 사실은 원국이의 고민이 무엇인지 잘 알고 있었다. 뻔한 글이 아니라 재미있는 글을 쓰고 싶다는 욕심. 그 고민과 답답한 시간들 끝에는 분명히 더 그럴듯한 이야기와 멋진 생각들이 기다리고 있을 것이다.

아이들이 나간 뒤, 작년 1학년 교실에서 했던 똑같은 글쓰기 자료를 꺼내 보았다.

- 길 위에 빨간 지갑이 떨어져 있었습니다. 똑같은 문장 뒤에

이어지는 스물네 개의 서로 다른 이야기들이 하나하나 생생히 살아 숨 쉬고 있다.

1학년과 6학년. 마음도 생각도 훌쩍 자라버린 아이들이 또 얼마나 멋진 이야기들을 가져다줄까. 그 끝없는 가능성과 이야기의 매력에 빠져 한참 동안 낡은 학습지들을 들여다보았다.

뒷이야기 이어쓰기
- 두 번째 이야기

"선생님, 저 이만큼 썼어요."

"저는 다 쓰긴 했는데, 좀 이상한 것 같아요. 이거 말고 딴 거 다시 쓰면 안돼요?"

"어? 이거 나랑 비슷한 거 같은데! 너 내 거 베꼈냐?"

"뭐래. 선생님! 우리 언제 시작해요?"

당당히 과제를 완수해온 아이들은 어느 때 보다 더 수다스럽다. 자기가 쓴 글을 읽고 또 읽는 아이와 이제 와서 몇 문장을 지우고 다시 쓰는 아이들. 괜히 무심한 척 딴짓을 하는 아이도 보였다.

"자, 다들 완성된 글 가지고 왔지?"

"네!"

오늘만큼은 당당하다는 듯 아이들의 목소리에 잔뜩 힘이 실렸다.

"그럼 전부 앞으로 가져와 봐."

"왜요? 평가 안 한다면서요?"

유난히 평가에 민감한 광재가 볼멘소리를 한다.

"안 해. 대신 오늘은 선생님이 너희 글을 읽어줄 거야."

뜻밖의 제안에 아이들의 의외로 순순한 표정들이다.

"원래 자기 글은 자기가 읽는 게 가장 좋지만, 처음엔 조금 쑥스럽잖아?"

"아……. 그냥 읽지 말지."

"그럼 원국이는 직접 읽어볼래?"

"아!! 아니요! 야, 너희 빨리 안 걷어오고 뭐하냐! 선생님 기다리시잖아!"

원국이의 재촉 덕에 아이들의 글이 모두 걷혔다.

"자, 그럼 시작해 볼까? 누구 글인지는 일단 비밀. 길 위에 빨간 지갑이 떨어져 있었습니다. 나는 그 지갑을 주워 집으로 가져갔습니다. 지갑 안에는 현금 15,000원과 신용카드, 오래된 사진 한 장이 들어 있었습니다. 잠시 고민하던 나는 지갑의 주인을 찾아주어야겠다고 생각했습니다. 사람들이 많이 가는 사이트에 지갑 사진을 올리고 연락처를 남겨놓았습니다.

그런데 그날 밤, 뉴스에 그 지갑이 나오는 것이었습니다. 아나운서는 지갑을 가지고 있던 여자가 어젯밤 납치가 되었다며 지갑의 행방을 찾고 있었습니다. 놀란 마음에 경찰서에 가려고 하는데, 친구에게 전화가 걸려왔습니다. 지금 인터넷에서 내가 납치범으로 몰리고 있다는 것이었습니다.

　통화를 하는 동안에도 계속 문자와 카톡 메시지, 부재중 전화가 걸려왔습니다. 사람들은 나에게 욕을 하며 얼른 자수를 하라고 말했습니다. 그때 막 현관문 두드리는 소리가 들리고 문 앞에 경찰들이 서 있는 게 보였습니다. 경찰도 내 말을 믿어주지 않을 것 같아 문을 열 수 없었습니다.

　화장실에 들어가 문을 잠그고 있는데 외출했던 엄마가 경찰과 함께 집으로 돌아왔습니다. 엄마가 나를 설득하며 문을 열라고 말했습니다. 그래서 나는 울면서 문을 열었는데, 기다리고 있던 경찰이 내 손에 수갑을 채웠습니다. 엄마는 나에게 왜 여자를 납치했냐고 물었습니다. 나는 아니라고 소리를 질렀지만 아무도 내 말을 믿어주지 않았습니다."

　유정이 접속사와 문장 흐름을 자연스럽게 다듬어 가며 아이들에게 이야기를 들려주었다. 그럴듯한 상황에 아이들의 신경이 집중되었고, 누가 쓴 글일까 궁금해 할 새도 없이 이야기가 끝나고 말았다.

"아. 뭐예요. 그렇게 끝나다니."

"엄마 너무 심했다. 아무리 그래도 아들인데."

"근데 초등학생도 감옥에 갈 수 있나?"

"아닐걸? 소년원 가겠지. 그럼 인생 종치는 거고."

아이들의 진지한 대화는 한참 동안 이어졌다.

"근데 이거 누가 쓴 걸까? 기상태?"

상태가 억울해하며 손사래를 쳤다.

"야! 나쁜 건 다 나냐? 이 몸이 얼마나 순수한 영혼인데."

"우웩."

"자, 다음 이야기도 들어볼까? 길 위에 빨간 지갑이 떨어져 있었습니다. 가까이 다가가 보니 그 지갑은 사실 빨간색이 아니었습니다. 검은색 지갑에 빨간 피가 흠뻑 적셔져 있었습니다. 놀란 나는 소리를 지르며 집으로 달려갔습니다. 그런데, 집 앞에 또 빨간색 지갑이 떨어져 있는 게 아니겠습니까?

'으악!!'

나는 소리를 지르며 다시 집으로 뛰어갔습니다. 집에 들어가 엄마를 부르려는데, 책상 위에 소포 하나가 놓여 있었습니다."

아이들의 표정에 설마 하는 기색이 떠올랐다.

"소포를 열어보니 길에서 보았던 빨간 지갑이 또 들어 있는 것이었습니다."

잔뜩 흥분한 유정의 목소리에 아이들도 초조해하며 두 손을 모았다.

"완전 스토커네."

원국이의 반응에도 이야기는 계속 이어졌다.

"나는 하는 수 없이 지갑을 열어보기로 결심했습니다. 떨리는 마음으로 지갑을 집어든 순간!! 지갑 안에서 피 묻은 사진 한 장이 떨어졌습니다. 사진 속에서 무표정한 얼굴의 소녀가 가만히 나를 응시하고 있었습니다. 소녀의 눈은 꼭 나에게 무언가 말을 하고 있는 것만 같았습니다.

다음 날, 사진을 들고 학교에 갔습니다. 친구들에게 혹시 소녀를 아느냐고 물어볼 생각이었습니다. 그런데 사진을 본 친구가 갑자기 놀라며 소리를 질렀습니다. 그 소녀는 3년 전에 학교에서 자살을 했던 왕따였습니다. 소녀는 사실 자살이 아니라 친구들 때문에 죽은 것이었고, 누명을 벗겨줄 사람을 찾아 지갑 안에 살고 있었던 것입니다.

나는 소녀의 친구들을 찾아 이제라도 소녀에게 용서를 구하라고 말했습니다. 소녀가 죽은 뒤 매일 밤 악몽을 꾸고 있던 친구들은 진심으로 반성하며 눈물을 흘렸습니다. 마침 가방에 넣어둔 사진이 사라져 집으로 달려가 보니 책상 위에 놓아두었던 지갑도 온 데 간 데 없었습니다."

이야기가 끝나고 난 뒤 아이들 사이에 잠시 정적이 흘렀다.

"어땠어? 이번 이야기도 잘 썼지?"

"네! 근데 끝이 좀 허무해요."

이야기가 한참 재미있어 지려고 하는데, 사건이 너무 쉽게 해결되어 버린다는 반응이었다. 글쓰기를 막 시작한 아이들에게는 너무도 당연한 현상이다.

"이거 한혜영이죠?"

원국이가 말했다. 수업 전에 온갖 구박을 받으며 혜영이 주변을 맴돌더니 내내 입이 근질거렸던 모양이다.

"선생님! 쟤 짜증 나요!"

"뭐야, 원국이 글은 이름 공개해 달라는 거지?"

유정이 종이를 뒤져 원국이의 이름이 적힌 글을 찾아냈다.

"아! 선생님, 죽을죄를 지었습니다."

장난스럽게 말하는 원국이를 보며 글을 쓱 눈으로 훑어보았다. 새하얀 종이 위에 삐뚤빼뚤한 글씨로 열심히 글을 써내려간 흔적이 보였다.

"우와, 많이 썼네! 다들 잘 들어봐!"

혜영이 그제야 통쾌한 표정을 지으며 원국이의 글에 귀를 기울였다.

"길 위에 빨간 지갑이 떨어져 있었습니다. 나는 얼른 달려가 지갑을 주웠습니다. 지갑 안에는 로또 한 장이 들어 있었습니다. 집에 가서 로또 번호를 확인해 보니 지난주 1등 당첨 번호가 그대로 적혀 있었습니다.

갑자기 100억 원이 생긴 나는 영국행 비행기표와 최고급 호텔을 예약했습니다. 부모님이 어디 가냐고 물어서 1,000만 원씩 용돈을 드렸습니다. 담임이 전화를 해서 학교에 안 올 거냐고 했습니다. 내일 반성문 100장이라는 말에 계좌로 1,000만 원을 쏴주었습니다.

영국에 가서 토트넘 홈구장을 찾아갔습니다. 대기실에 찾아가 경비에게 1,000만 원씩을 주었습니다. 경기를 준비 중이던 손흥민과 친구를 먹고 맨 앞에 앉아 경기를 관람했습니다. 남은 돈으로는 람보르기니를 사서 몰고 다니며 세계를 여행했습니다."

원국이의 이야기는 이렇게 끝이 났다. 황당한 전개에 키득거리는 아이들을 보며 원국이가 의기양양한 표정을 지었다.

"스케일 봤냐? 사나이가 100억 원은 돼야지."

아이들이 황당한 표정으로 유정의 눈치를 살폈다. 이쯤 되면 선생님이 한 소리 해주시겠지, 은근히 기대를 하는 눈치다.

"재밌는데?"

유정의 반응에 원국이 잠시 멈칫하다 이내 어깨를 으쓱거렸다.

"그죠? 캬……. 쌤은 역시 예술을 알아보시네."

"지갑을 주웠는데, 그 안에 로또가 있었다. 근데 그게 1등 당첨된 로또였다. 진짜 기분 최고겠는데?"

"요새 1등도 100억 원 안 되는데."

태광이가 혼잣말처럼 중얼거렸다.

"뭐 어때! 소설인데."

대충 둘러댄 원국이의 말 속에 당연한 진리가 들어 있었다. 사실이 아닌 소설 속 이야기. 소설 속에서는 어떤 일이든 가능하고 또 어떤 일이든 용서가 된다.

"그래도 좀 황당하긴 해요. 로또가 됐다고 갑자기 영국에 가는 것도 그렇고."

"그치? 만약에 실제로 그런 일이 있다면 부모님도 그냥 보내주진 않았을 거야."

"그럼 차라리 비밀로 해야겠다. 그냥 편지 한 통 써놓고 훌쩍 떠나는 거지. 죄송합니다. 저를 찾지 마세요."

원국이가 다시 이야기를 고쳐서 말해주었다. 자기가 쓴 이야기로 대화가 오가는 상황이 그리 싫지만은 않은 표정이다.

이어지는 다른 아이들의 글도 꽤 흥미로웠다. 지갑에 있던 1억 원의 주인을 찾아주고 양심적인 어린이로 TV 출연까지 하게 된 이야기. 지갑을 주웠다가 도둑으로 몰려 골목길에서 창피를 당한 이야기. 지갑 주인인 여자아이와 사랑에 빠지게 된다는 드라마 같은 이야기도 있었다.

"처음으로 써 본 이야기, 어땠어?"

듣고 말하고 상상하느라 뜨거워진 교실의 열기를 느끼며 아이들에게 물었다.

"재밌었어요!"

진원이가 웃으며 대답했다.

"글쓰기가 재미있다니 좀 신기해요."

"다음엔 더 잘 쓸 수 있을 것 같아요."

"뭔가 민망하기도 했는데……."

"누가 읽는다고 생각하면 부담이 되는 거 같아요."

아이들이 저마다 자유로운 소감들을 쏟아냈다.

"재미있는 상상들이 떠올라서 신이 났다가 완성된 글을 보고 약간 실망도 했지? 시작은 좋았는데 끝은 왜 이럴까 한심한 생각도 들었을 거고, 이상하게 누가 읽는다고 생각하면 내 글이 막 창피하게 느껴졌을 거야."

상태가 100% 공감한다는 듯 고개를 끄덕였다.

"만약에 그렇다면 정말 잘하고 있는 거야. 너희 헤밍웨이 알지?"

"네! 《노인과 바다》?"

"응, 헤밍웨이가 이런 말을 했어. 모든 초고는 걸레다."

"초고가 뭔데요?"

"이제 막 완성한 첫 번째 원고. 지금 너희 글이 조금 부족하게 느껴지는 이유가 뭔지 알아?"

"실력이 없어서?"

"아니."

"우린 작가가 아니니까."

"그것도 땡! 너희가 너희 글을 고쳐 써 보지 않았기 때문이야. 세계적인 대작가 헤밍웨이도 초고를 걸레라고 하는데, 우리가 쓴 글이 단숨에 완벽해 질 리는 없지."

"그럼 어떻게 해요?"

2학기 들어 누구보다 진지하게 수업에 참여하고 있는 혜영이었다.

"고쳐 쓰는 거지. 오늘 고치고 내일 고치고, 자고 일어나서 또 고치고."

"으악. 생각만 해도 지겹다."

"헤밍웨이는 글 하나를 쓸 때 무려 200번의 퇴고를 거쳤대. 너희 베르나르 베르베르라고 들어봤니?"

"네!! 《개미》 쓴 작가잖아요."

학수가 재빨리 아는 척을 한다.

"그 작가가 《개미》 책을 완성하는 데 얼마나 걸렸게?"

"1년?"

"5년?"

"전부 틀렸어. 무려 12년!! 베르나르 베르베르가 그 이야기 하나 완성하는 데 무려 12년이나 걸렸대, 처음 글을 얼마나 많이 고치고 또 고쳤을지, 짐작도 못하겠지?"

그 긴 시간에서 느껴지는 무게에 아이들이 잠시 말을 잃는다.

"그래서 결론은 너희가 쓴 글도 충분히 최고의 글이 될 수 있다는 거야! 상상해봐. 진짜 멋질 것 같지 않니? 베스트셀러 작가 기상태. 축구선수 겸 작가 이원국."

"선생님도 작가라고 하셨죠?"

혜영이가 불쑥 질문을 던졌다. 학기 초에 아이들을 만나 선생님의 꿈에 대해 이야기할 시간이 있었는데, 그때 그 이야기를 누군가 옆 반에 전달한 모양이었다.

"응. 선생님도 작가지. 지금 열심히 책을 쓰고 있으니까."

"우와, 멋있다."

"지금은 그냥 작가지만 선생님도 언젠가는 아주아주 유명한 작가가 될 거야."

선생님에게도 아직 이루지 못한 꿈이 있다는 것. 그 꿈이 유정의 삶을 얼마나 풍요롭게 만들어 주었는지를 아이들에게도 고스란히 느끼게 해주고 싶었다.

"우리 내기 할까?"

"무슨 내기요?"

"너희랑 선생님 중에 누구 꿈이 먼저 이뤄지는 지."

해맑게 웃는 선생님의 표정을 보며 아이들도 저마다 자신의 꿈을 떠올렸다. 이제 막 시작된 아이들의 꿈과 현실에 쫓겨 잠시 미뤄두었던 선생님의 꿈. 서로가 서로의 꿈을 응원하며 행복한 상상을 하고 있는 사이 수업이 끝나는 종이 울렸다.

나만의 주인공을 소개합니다

커다란 건물 안에 수십 개의 교실들. 그 안에 다시 수십 가지의 이야기들이 흐른다. 오늘은 내가 내일은 우리가 주인공이 되는 곳. 때로는 유치한 학원 로맨스가 펼쳐지기도 하고, 뜨거운 열정과 희망이 넘치는 성장소설이 되기도 한다.

하지만 그 안에도 유독 주인공이 되지 못하는 아이들이 있다. 딱히 얼굴이 잘나지도, 공부를 잘하지도 않고, 성격이 유별나지도 친구가 많지도 않은. 잘나가는 친구 옆에서 매력적인 조연 역할이라도 맡으면 좋으련만, 평범한 친구1 옆에는 더 평범한 친구2가 있을 뿐이었다. 그런 아이를 단 한 번이라도 교실의 주인공으로 만들어주는 것이 선생님의 역할이었다.

"선생님, 쌤도 이런 거 해봤어요?"

점심시간, 일찍 청소를 끝낸 주현이가 종이 한 장을 팔랑이며 다가왔다.

"이게 뭔데?"

"20문 20답이요. 요즘 카스에서 유행하는 건데, 제가 한번 적어봤어요."

귀여운 글씨로 적힌 문답 안에는 별의별 내용들이 다 들어 있었다. 첫사랑은 누구이며, 지금까지 몇 명을 사귀어 보았고, 살면서 가장 슬픈 일, 가장 즐거웠던 일은 무엇이었는지…….

"선생님도 해보실래요?"

마치 친구를 대하듯 편하게 묻는 말에 하마터면 대답을 해버릴 뻔했다. 교탁 주변을 기웃거리던 여자아이 몇몇이 어느새 다가와 유정의 대답을 기다리고 있다. 선생님의 첫사랑 이야기가 궁금한 건 예나 지금이나 마찬가지인가 보다.

"자, 오늘은 자기소개를 한번 해볼 거야."

글쓰기 싫은 반 아이들을 앉혀 놓고 오전에 보았던 주현이의 20문 20답을 떠올렸다.

"무슨 자기소개를 2학기 때 해요?"

"또 뭐하려고 그러시지?"

황당해하는 아이들에게 일단 10문 10답 종이를 나누어 주었다.

"10문 10답? 이거 인터넷에서 보던 건데?"

"오늘 이것만 하면 돼요?"

이런 것쯤이야 익숙하다는 듯 혜영이와 민주가 연필을 가져다 댄다.

"잠깐!!"

궁금한 아이들의 표정을 보며 유정이 칠판에 무언가 적기 시작했다.

<내 작품 속 주인공 소개하기>

"그럼 마음대로 써도 되는 거네?"

원국이의 말에 유정이 동의의 뜻으로 빙긋 웃어주었다.

"지난번에 우리 뒷이야기 이어쓰기 했었지? 그때 주인공이 나라고 생각했던 사람?"

잠시 고민하던 아이들 중 대부분이 슬쩍 손을 들어 올렸다.

"그럼 우리가 아는 영화, 드라마, 소설, 동화의 작가들은 다 자기 이야기만 쓰는 걸까?"

"아니요."

"그래서 오늘은 내 이야기 속 주인공 소개하기야."

"내 이야기요?"

광재가 아직 이해할 수 없다는 듯 고개를 갸웃거렸다.

"예를 들면 이런 거."

이름 : 김길동
혈액형 : A형
나이 : 13세
가족관계 : 엄마, 아빠, 형
특징 : 큰 키에 하얀 얼굴, 모범생 스타일.
성격 : 소심하고 예민함
좋아하는 것과 싫어하는 것 : 게임, 독서
장래희망 : 게임방 사장
취미, 특기 : 게임, 축구
세 가지 소원 : 같은 반 친구 선아랑 사귀기. 하루 종일 게임하기. 학
원 안 가기

유정이 미리 적어놓은 길동이의 특징을 읽어 내려가자 아이들
의 얼굴에 그제야 생기가 돌기 시작한다.

"어때? 방금 읽어준 10문 10답은 선생님 이야기 속 주인공에 대
한 내용이야."

"완전 찌질인데요."

학수가 말했다. 실제 길동이가 눈앞에 있는 듯 답답하다는 표

정이다.

"그래, 그거야! 인물 소개만 들어도 어떤 사람인지 딱 떠오르지? 지금부터 각자 자기만의 주인공을 마음껏 상상해 보는 거야."

"남녀 상관없어요?"

수연이가 물었다.

"그럼! 내가 아니라 내 글 속에 주인공이니까, 나이가 많아도 되고, 외국인이어도 되고, 가족이 10명이어도 되고, 혼자 살아도 돼."

써야 할 글에 제한이 없어질 수록 아이들의 얼굴도 한결 가벼워진다.

"아, 이름 뭐라고 하지."

"선생님, 연예인 이름도 돼요?"

"그럼!"

"좋아하는 거 없어도 돼요?"

"그럴 수도 있겠지?"

"고민은요? 저 같은 애는 고민 없을 텐데."

"그럼 '없음'이라고 적으면 되지."

뭐든 다 된다고 하는 선생님과 그럼에도 질문을 멈출 수가 없는 아이들. 잠시 후 아이들의 연필 소리가 어느 정도 잦아들었다.

"자, 이제 방금 쓴 주인공들이 활약할 시간이 왔어. 모두 눈을 감으시고."

유정의 말에 아이들이 순순히 눈을 감는다.

"우린 지금부터 방금 내가 쓴 소개 속의 주인공이 되는 거야. 이름도, 성별도, 나이, 성격, 외모, 전부 다 내가 쓴 글 속의 주인공이 되었다고 상상해봐."

"으악. 끔찍하다."

45세. 대머리 아저씨를 주인공으로 설정한 상태가 눈을 감은 채 인상을 찌푸렸다.

"자, 이제 눈을 뜨고 상상을 이어가 보자. 주인공은 매일 반복되는 일상에 엄청 지쳐 있는 중이야. 어제도 오늘도 똑같은 하루가 계속 되고 있었지. 뭔가 신나는 일이 없을까 고민하다가 그날도 그냥 집에 돌아와 잠자리에 들었는데, 어디선가 수상한 소리가 들리는 거야. 소리가 나는 곳을 따라가 보니 불 꺼진 거실 화장실이었어. 이게 무슨 소리일까 하면서 화장실 문을 확! 열어젖히는데, 거울 속에서 환한 빛이 확! 쏟아지면서 목소리가 들려오는 거야. '너에게 초능력을 하나 줄 테니 잘 활용해 보아라.' 놀란 주인공은 정신을 잃고 쓰러져 버렸어. 그리고 다음 날 아침, 자고 일어난 주인공에게 진짜 초능력 하나가 생겨난 거야."

이야기를 마친 유정이 웃으며 아이들을 바라보았다.

"그다음은 어떻게 되었을까?"

"대박, 완전 좋겠다."

광재가 말했다. 벌써부터 자신이 원하는 초능력을 하나둘 떠올려 보는 표정이다.

"10문 10답 뒷장을 보면 첫 문장이 적혀 있을 거야. 오늘 남은 시간엔 아까 정한 주인공이 되어서 다음 이야기 상상해보기."

"초능력도 아무거나 돼요?"

"당근!"

"분량 제한 없죠?"

"당연한 걸 묻냐!"

이젠 아이들이 알아서 묻고 대답을 한다.

"바로 쓰면 돼요?"

이미 머릿속에 구상이 다 되어 있다는 듯 원국이 조급한 표정으로 물었다.

"잠깐만! 쓰기 전에 힌트 하나! 너희 지난 시간에 시작은 좋았는데 끝이 좀 아쉬운 작품들이 많았지? 이번에 또 그러면 안 되니까 불안한 사람은 낙서 먼저 하고 쓰기."

"낙서요?"

"응. 떠오른 이야기들을 어떻게 마무리할지 대충 끄적여 보는 거야. 다 쓰고 나서 마음에 안 들 수도 있으니까."

"그건 검사 안 하실 거죠?"

"당연하지!"

유정이 대답과 함께 교탁 위에 하얀색 A4 용지 몇 장을 더 올려놓았다. 글쓰기 전 반드시 해야 하는 개요 쓰기. 낙서라고 이름만 바꾸었을 뿐인데, 다들 지루한 기색도 없이 자신의 생각들을 술술 정리하기 시작한다.

- 아침에 자고 일어나 보니 초능력 하나가 생겼습니다.

아이들의 머릿속에 각자가 만들어 낸 그럴 듯한 주인공들이 떠오른다. 자기도 모르는 사이 솔직한 생각이 튀어나와 일기 같은 이야기를 써버리고는, 다시 주인공 소개를 들여다보며 주인공의 입장에서 상황을 떠올려 본다.

작은 종이 안에서 소심했던 진원이는 활발한 소년이 되고, 꿈 많던 혜영이는 외로움에 잠 못 이루는 작은 소녀가 된다. 누군가에게는 되고 싶고, 누군가에게는 감추고 싶었던 자신의 모습. 그 모습 속에서 문득 자신을 마주하며 아이들의 세계가 점점 커가고 있다.

"선생님! 이거 다음 시간까지 써 오는 거죠?"

민주가 바쁘게 움직이던 연필을 멈추고 물었다.

"너희 숙제도 많을 텐데, 대충 마무리됐으면 내고 가도 되고."

부담을 주지 않으려는 유정의 말에도 오늘은 다들 마무리할 생각이 없어 보였다. 현규가 책상 위에 종이를 뒤집어 놓 길래 이제 내려다보다 하고 있었는데, 무슨 생각인지 종이 뒷면을 빤히 바라보고 있다.

"자, 그럼 다음 시간에 다들 완성해 오는 거다? 오늘은 여기까지!"

유정의 인사에도 몇몇 아이들이 여전히 글쓰기에 푹 빠져 있다.

"여기까지만 쓰고 갈게요!"

혜영이의 말에 뒤에 앉아 있던 광재와 옆자리 민주도 다시 연필을 꺼내 들었다. 글쓰기의 매력에 빠져 스스로 글을 쓰기 시작한 아이들. 그 기특하고 가슴 벅찬 풍경을 바라보며 오늘 수업도 무사히 마무리되었다.

나도 스토리텔러

"자, 다들 완성해 왔지?"

글쓰기 과제가 있었던 날에는 교실로 들어서는 아이들의 표정만 보아도 과제의 완성도를 짐작할 수 있다. 지난 시간에 45세 대머리 아저씨를 주인공을 선정했던 상태가 기운 없는 표정으로 교실에 들어섰다.

"상태야, 왜 그래?"

"다 쓰고 보니까 주인공이 그냥 저 같아서요."

"그럼 주인공 바꾸지 그랬어!"

"아, 진짜요? 그래도 되는 거였어요?"

왜 진작 말해주지 않았냐는 듯, 상태가 책상 위에 올려 놓은 종이를 보며 깊게 한숨을 내쉬었다.

"그럼 완성작 한번 걷어 와 볼까? 다들 일주일 동안 고민이 많았지?"

"네!"

어리광 섞인 아이들의 목소리에 일주일간의 고민과 괴로움의 흔적이 묻어난다.

"선생님은 일주일 동안 엄청 기분 좋았어. 어제 선생님들끼리 회의했는데, 너희 쉬는 시간에도 이거 계속 썼다면서?"

"네!! 저 하루 종일 이것만 쓴 날도 있어요."

원국이가 번쩍 손을 들며 말했다.

"전 엄마가 무슨 반성문 쓰냐고 하던데요."

상태의 말에 아이들이 다 함께 웃음을 터뜨렸다. 평생 글이라고는 반성문밖에 써 본 적이 없었으니 엄마가 그런 오해를 하시는 것도 무리는 아니다.

"글은 잘 쓰는 것도 중요하지만, 신나게 쓰는 게 훨씬 더 중요해. 화나고 짜증 난 상태로 쓴 글에는 그 감정이 그대로 드러나는 법이거든. 그런 의미에서 너희는 100점!! 다들 신나게 써 온 거 맞지?"

"네!"

그거 하나는 자신 있다는 듯 아이들이 씩씩하게 목소리를 모은다.

"자, 그럼 친구들이 써온 이야기를 한번 들어볼 건데, 오늘은 선생님 말고 스토리텔러가 나와서 이야기를 읽어 줄 거야."

"스토리텔러요?"

"응. 큰 목소리로 또박또박 읽어 줄 수 있어야 하고! 대사가 나오면 실감나게 말도 해야 돼."

"저요. 저요!!"

상태가 이번에도 제일 먼저 손을 들어 올렸다.

"그래, 상태. 다른 사람 또 없어?"

"선생님, 혜영이요!"

민주가 슬쩍 혜영이를 추천하고, 혜영이도 마냥 싫지만은 않은 표정이다.

"좋아. 그럼 이제 스토리텔러는 정해졌고."

"선생님! 저도 해볼래요."

맨 앞자리에서 진원이가 조심스레 손을 들어 올렸다. 조금씩 자신감을 되찾아가는 모습이 기특하기만 하다.

"자, 그럼 상태랑 혜영이, 진원이가 스토리텔러. 나머지 친구들은 지금부터 이 중에 한 사람을 고르는 거야. 내 이야기에 가장 잘 어울릴만한 목소리로."

"한 명한테 다 몰리면요?"

투표에는 항상 소외 지역이 생기기 마련이다.

"스토리텔러 한 명당 이야기는 최대 세 개만. 너무 많이 읽다

보면 목도 아플 테니까 일단 지원을 받아보고 다시 조정해보자."

괜히 상처를 받는 아이가 생기진 않을까 걱정하다가 일단 아이들을 믿어 보기로 했다.

"자, 마음속으로 스토리텔러를 정했으면 손 들고 일어나서 이유랑 함께 말해보기."

원국이가 먼저 손을 들었다.

"저는 강진원이 읽어줬으면 좋겠습니다. 제 글에 왕따를 당했다 극복하는 주인공이 나오는데, 그 마음을 잘 알아줄 것 같아요."

의외의 이유였다. 진지한 원국이의 이유에 아이들이 일제히 진원이를 바라보았다. 모두가 알고 있지만 섣불리 꺼낼 수는 없었던 이야기. 걱정스러운 유정의 표정에 진원이가 괜찮다는 듯 고개를 끄덕여 주었다.

"그럼 원국이 글은 강진원 스토리텔러 당첨!"

다음으로 상태가 손을 들었다.

"제 글은 제가 읽었으면 좋겠습니다. 저희 아빠가 대머리라서 대머리 주인공의 심정을 잘 알고 있습니다."

상태의 말에 여기저기서 웃음이 터져 나왔다.

"야, 그럼 나는 날라리 초딩인데?"

"날라리? 이리 줘. 이리 줘. 그건 또 내 전문이지."

그렇게 광재의 글은 상태에게. 진원이 역시 고등학생 형이 있다는 이유로 상태에게 자기 글을 부탁했다.

학수와 수연이의 글은 진원이에게 갔다. 차분하게 읽어줄 수 있을 것 같다는 이유였다. 아무나 상관없다고 했던 현규의 글은 혜영이가, 여자 주인공이라 여자가 읽어야 한다는 이유로 민주와 혜영이의 글도 혜영이가 담당하기로 했다.

"자, 그럼 스토리텔러는 각자 글 가져다가 한번 읽어보고."

"아! 선생님 제 글 아직 못 정했는데요."

태광이가 뒤늦게 손을 들어 올렸다.

"그럼 태광이 글은 선생님이 읽어줄게!"

세 명의 스토리텔러가 이야기를 미리 검토하는 동안 유정이 태광의 이야기를 읽기 시작했다.

"먼저 태광이 글의 주인공은 13살의 김춘삼이야. 혈액형은 A형. 만년 꼴찌에다가 싸움도 못하고 얼굴도 못생긴 남학생이지. 취미는 밥 먹기, 특기는 많이 먹기, 좋아하는 건 걸 그룹, 싫어하는 건 담탱이. 자, 그럼 이야기 시작해 볼게."

흥미진진한 인물 소개에 아이들이 귀를 기울이고, 태광이가 발개진 얼굴로 딴청을 피우고 있다.

"아침에 자고 일어나 보니 초능력 하나가 생겼습니다. 그것은 바로 어떤 사람이든 주먹으로 때려눕힐 수 있는 능력이었습니다. 춘삼이 눈에 힘을 주면 주먹에서 레이저가 나와 상대방의 기를 빨아들였습니다. 초능력이 생긴 뒤, 춘삼이는 학교로 가서 평소에 자기를 괴롭히던 광재와 원국이를 불렀습니다."

자기 이름이 등장하자 잠시 딴짓 중이던 원국이가 눈을 빛내며 이야기에 집중했다.

"옥상으로 불려간 광재와 원국이가 다시 춘삼이를 괴롭히려는 순간, 춘삼이가 양팔을 들어 주먹을 뻗었습니다. 그 주먹에 맞은 두 사람이 100미터 밖으로 날아가 버렸습니다."

갑자기 등장한 액션 신에 남자아이들의 표정에 유독 생기가 돈다.

"춘삼이의 싸움 실력이 소문이 나자 유명한 조폭들이 학교로 찾아왔습니다. 월급으로 1억을 줄 테니 자기파에 들어오라는 것이었습니다. 춘삼이 거절하자 조폭 50명이 한꺼번에 춘삼에게 달려들었습니다. 춘삼이 주먹을 휘둘러 조폭들을 모두 날려 버렸고, 그 소식을 들은 이종격투기 감독이 춘삼을 캐스팅하였습니다. 결국 춘삼이는 학교를 그만두고 이종격투기 선수가 되어 세계 챔피언이 되었습니다."

이야기가 끝나고, 원국이 유독 아쉬운 듯 입맛을 쩝 다셨다.

"자, 태광이한테 박수! 누구든 쓰러뜨릴 수 있는 능력이 있다면, 너희들은 어떻게 할 것 같아?"

약간은 아쉽게 끝나버린 태광이의 이야기를 함께 생각해 볼 시간이다.

"나쁜 사람들을 찾아가서 벌을 줄 것 같아요."

수연이가 말했다.

"그래, 그것도 재밌겠다. 그럼 춘삼이는 진짜 시대의 영웅이 되는 거지."

"저는 〈생활의 달인〉에 나갈래요. 완전 유명해지게."

광재의 기발한 아이디어였다.

"그러게, 〈생활의 달인〉에 나와서 펀치 기계 팔아도 되겠다. 펀치 기계도 맞으면 고장 나 버리려나?"

원국이의 말도 그럴 듯하게 들렸다. 같은 이야기지만 글을 쓰는 사람에 따라 얼마든지 다른 전개가 펼쳐지고 있다.

"보디가드도 될 수 있겠네. 연예인들 경호하고."

이야기의 주인공인 태광이도 아이디어를 보탰다. 다음에 한 번 더 써 본다면 더 잘 쓸 수 있을 것 같은 표정이다.

"자, 어쨌든 우리 태광이, 아니 춘삼이 이야기 잘 들었고! 다음은 우리 스토리텔러들에게 맡겨 보자. 세 사람 준비됐어?"

"네!"

상태가 먼저 자신 있게 대답하며 앞으로 나왔다.

"제 꺼 먼저 읽을 게요. 이름 강호식, 나이 45세. 키 160에 뚱뚱한 대머리 아저씨. 취미는 잠자기. 특기는 보고서 쓰기. 소원은 여자 만나기. 돈 많이 벌기."

"으악. 노총각이었어?"

혜영이의 말에 상태가 그런 반응을 기다렸다는 듯 씩 웃어 보였다.

"아침에 자고 일어나 보니 초능력 하나가 생겼습니다."

상태의 이야기가 끝이 났다. 대머리 총각에게 여자의 마음을 읽을 수 있는 능력이 생긴다는 내용이었는데, 비슷한 영화가 있다는 학수의 말에 풀이 죽어 이야기가 금방 마무리되어 버렸다.

"우리 상태는 상상력이 진짜 최고다! 상태가 정한 주인공 어땠어?"

"웃겼어요!"

"재밌었어요."

"그냥 주인공 소개만 했을 뿐인데, 막 재밌을 것 같은 생각이 들었지? 그게 바로 매력적인 주인공이야. 멋진 주인공을 만들어준 상태랑 우리 강호식 씨에게 박수!!"

박수 한 번에 다시 기분이 좋아진 상태가 브이 자를 그리며 어깨를 으쓱해 보였다. 다음으로 상태가 들려주는 진원이와 광재의 이야기가 이어졌다. 친구의 목소리로 듣는 내가 쓴 이야기. 자기가 쓴 글을 직접 발표할 때와는 달리, 자기 글을 대신 읽어주는 스토리텔러의 역할에 꽤나 만족스러운 모습이었다. 이후에 진원이, 혜영이까지 친구들의 이야기를 모두 다 읽어주었다.

"자, 우리 수고한 스토리텔러들에게 박수 한번 쳐줄까? 오늘 친구들 이야기를 대신 읽어준 소감은 어땠어?"

"망치면 안 되니까 좀 부담스러웠어요."

혜영이가 말했다.

"목이 좀 아프긴 한데 재밌었어요."

"다음엔 더 연습해서 잘 읽어주고 싶어요."

상태와 진원이의 소감에도 진심이 담겨 있다.

"선생님이 그동안 얼마나 힘들었는지도 알았겠지?"

유정의 장난스러운 말에 유일하게 진원이만 고개를 끄덕여 주었다.

"아무리 재밌는 이야기라도 읽는 사람이 지루하게 읽으면 그 내용이 하나도 와 닿지 않을 거야. 그런데 반대로 이야기를 하는 사람이 엄청 실감나게 이야기를 들려주면 어떨까?"

진지한 표정으로 앉아 있는 아이들에게 스토리텔러의 중요성을 다시 한 번 설명해 주었다. 서로의 이야기에 귀를 기울이고 더 나은 결말을 함께 고민하며, 아이들의 마음속에 더 크고 멋진 이야기가 자라날 것이다.

이제 얼마 남지 않은 글쓰기싫은부 수업을 앞두고, 아이들과 함께 할 마지막 글쓰기 과제가 기다리고 있었다.

글쓰기의 세 가지 비법

유난히 뜨거웠던 여름과 아쉽기만 한 가을이 지나고, 어느새 창 밖의 계절이 겨울을 향해 가고 있었다. 출근길에 핫팩을 챙겨야 하나, 고민하고 있는데 낯선 번호로 문자 하나가 도착했다.

선생님, 저 글 잘 쓰는 법 좀 가르쳐 주세요.

응, 근데 누구?

오학수요.

학수, 현규와 라이벌 관계라는 것 말고는 딱히 정보가 없던 아이였다. 상태나 원국이처럼 적극적인 성격도 아니고, 진원이처럼 마음이 쓰이는 스타일도 아니라서 특별히 떠올려 본 적이 없는 이름이었다.

　원래 꿈이 작가였다면 모를까, 학수의 장래 희망이 오래전부터 가수였다는 사실은 6학년 아이들 대부분이 알고 있는 사실이었다. 수련회 때도, 수학여행 때도 학수는 늘 거리낌 없이 무대에 올랐다. 과묵함에서 나오는 카리스마와 큰 키에서 느껴지는 어른스러움이 학수의 꿈에 그럴듯한 가능성을 더해주고 있었다.

　갑자기 왜 그런 생각이 들었어?

　가수 되면 책 내려고요.

　당당한 대답에 피식 웃음이 나왔다. 요즘 아이들은 성공한 뒤에 밝혀질 자신의 과거 흔적까지 관리한다던데, 학수 역시 꽤나 철저하게 미래를 준비하고 있는 것 같았다. 그리고 노력하는 학생에게는 없는 시간이라도 내서 뭐든 다 가르쳐 주고 싶은 게 세상 모든 선생님들의 마음이었다.

　멋진 계획이네! 이따가 방과 후에 보자. 수업 끝나면 교실로 와.

　갑작스런 상담 약속이 생긴 뒤, 하루 종일 긴장 속에서 시간이 흘러갔다. 어떻게 하면 더 좋은 말을 해줄 수 있을까. 괜히 보지도 않던 글쓰기 책을 뒤적거리는 사이 6교시가 끝나는 종소리가 울렸다.

당번 아이들이 막 교실을 나가자마자 학수가 뒷문에서 빼꼼 고개를 내밀었다. 복도를 지나던 1반 여자아이들 두 명이 무슨 일인가 싶어 교실 안쪽을 힐끗거렸다.

"사실 아침에 문자 받고 좀 놀랐어. 학수는 글쓰기에 별로 관심 없는 줄 알았거든."

유정의 솔직한 말에 학수가 쑥스러운 듯 고개를 숙이며 웃었다.

"선생님이랑 같이 수업해 보니까 어땠어?"

"재밌었어요. 길게 쓰려면 아직도 힘들 긴 한데, 이야기 듣는 것도 재밌고 쓰는 것도 재밌고."

"진짜? 근데 쓰다 보니까 더 잘 쓰고 싶어진 거야?"

몇 마디 나누고 나니 학수가 한결 편안하게 느껴졌다. 농담하듯 웃는 표정도, 쑥스러워하는 말투도, 학수의 순수한 성격을 한층 돋보이게 만들어 주었다.

"쓰긴 쓰는데, 맨날 뒷부분이 잘 안 써져요. 쓰고 나면 뭔가 이상하고."

"선생님도 그랬는데, 뭐. 선생님은 한 30페이지 썼다가 지우고 다시 쓴 적도 있어."

"진짜요? 그럼 지금은 어떻게 잘 쓰게 되셨어요?"

"계속 썼지. 포기하지 않고 계속. 쓰면서 책도 찾아보고, 글쓰기 강의도 듣고, 그러면서 알게 된 방법으로 매일매일 글을 썼어."

놀라는 학수에게 집에서 가져온 파일 몇 개를 꺼내 보여주었다.

"이거 아직 아무 한테도 안 보여 준건데."

유정이 건넨 파일 안에는 대학교 때 이후로 꾸준히 써온 글들이 빼곡히 정리되어 있었다. 학수가 연신 감탄을 내뱉으며 파일을 넘겨보았다. 유정이 그런 학수에게 빛바랜 종이 한 묶음을 건넸다.

"이건 선생님이 고등학교 때 제일 처음 썼던 시나리오야."

노랗게 빛바랜 종이 위에 엽서체로 한껏 멋을 낸 제목이 적혀 있다.

〈햄버거와 후렌치후라이〉

햄버거를 잘 먹는 여자가 이상형인 남고생과, 사랑하는 사람과 이별한 뒤 그 추억을 지우려 애쓰는 여자의 이야기였다. 마지막에 여자가 남자 학교의 교생 선생님으로 오게 된다는 것이 반전. 다시 읽어보면 손발이 오그라들 정도로 어설픈 글이었지만, 유정에게는 처음 작가를 꿈꾸게 해준 소중한 작품이었다.

"저 읽어봐도 되요?"

학수가 들뜬 표정으로 물었다.

"그럼! 대신 파일로도 없는 거니까 잘 읽고 돌려줘야 돼!"

그 뒤로 몇 마디 대화가 오고간 뒤, 본격적인 글쓰기 방법은 목요일 날 다시 알려주기로 했다. 학수처럼 다른 아이들도 이제 조금은 글쓰기에 흥미가 생겼기를 바라는 마음에서였다.

"감사합니다. 선생님."

학수가 허리를 90도로 숙여 인사를 하고는 교실을 나갔다. 무뚝뚝한 줄만 알았더니 나름 예의도 바르고 꽤 괜찮은 구석이 있는 녀석이다.

글 잘 쓰는 법. 학수가 나간 뒤에도 그 질문이 내내 입안을 맴돌았다. 유정이 알고 있는 글쓰기 방법만 해도 수십 가지는 넘는 것 같았다.

매력적인 주인공 만드는 법, 인물 사이의 갈등과 반전, 작가가 정하는 시간적, 장소적 배경만으로도 이야기는 얼마든지 바뀔 수 있었다. 대사 하나하나에는 작가의 철학이 배어 있어야 하고, 뻔한 대사는 지양해야 하며, 소설이나 동화에 쓰이는 문장은 최대한 짧고 간결해야 한다.

똑같은 장르의 글이라고 해도 가르치는 사람이나 쓰는 사람에 따라 그 방법은 완전히 달라졌다. 그중 가장 좋은 방법을 골라 아이들에게 전해 주어야 한다고 생각하니 벌써부터 머리가 지끈거렸다.

"선생님, 무슨 말인지 모르겠어요."

하루 종일 그 생각을 하다 보니 교실에 앉아 있는 아이들 전체에게 글쓰기 강의를 하는 꼴이 되어 버렸다. 국어 시간에 주제 글쓰기를 하다가도, 사회 시간에 역사 이야기를 들려주다가도, 불쑥불쑥 글 쓰는 방법이 튀어나왔다.

"그래서 어떻게 쓰라는 건데요?"

평소에도 솔직한 말로 유정을 당황하게 하던 준서였다. 정신을 차리고 돌아보니 칠판 가득 주제며 인물, 배경, 갈등 같은 단어들이 어지럽게 적혀 있었다.

누구나 쉽게 따라할 수 있고, 10문 10답에 답을 하듯 하나씩 점검해 볼 수 있으며, 그 과정을 통해 글을 조금이라도 개선시킬 수 있는 방법. 작가와 교사 사이를 오가며 그 방법을 찾아 고민하다 보니 어느새 목요일이 되었다.

"우리 벌써 열여섯 번째 수업이네?"

유정의 말에 아이들이 벌써 그렇게 됐냐는 듯 놀라는 표정을 지었다.

"그동안 선생님 말도 잘 들어주고, 숙제도 잘 해오고, 멋진 이야기도 많이 들려줘서 고마워."

"선생님, 어디 떠나세요?"

상태가 서운한 표정을 그대로 드러내며 물었다.

"아니, 그런 건 아니고."

"아, 뭐예요! 괜히 긴장했네."

그새 정이 들어버린 원국이가 유정을 보며 쑥스럽게 웃었다.

"너희가 생각보다 너무 잘 해줘서, 오늘은 선생님이 비밀 한 가지를 알려줄까 해."

"뭔데요? 선생님 첫사랑 얘기?"

상태가 눈을 빛내며 물었다.

"아니, 선생님이 무려 30년 동안 연구한 글쓰기 비법!"

유정의 말에 학수가 기다렸다는 듯 눈을 반짝이며 유정을 쳐다보았다.

"아~ 뭐예요. 기대했는데."

광재와 태광이가 연달아 실망감을 드러낸다.

"음. 듣기 싫은 사람은 안 들어도 돼! 대신 나중에 다시 말해달라고 해도 소용없어!"

"진짜요? 그럼 진짜 안 듣고 자유 시간해도 돼요?"

청개구리 광재가 태광이와 눈빛을 교환하며 물었다.

"그럼! 아무리 맛있는 음식도 먹기 싫을 때 먹으면 체하는 법이니까, 듣기 싫은 사람은 저 뒤에 가서 놀아도 좋아! 대신 수업 중이니까 말은 하지 말고."

유정의 말에 광재가 기다렸다는 듯 뒤로 나가 벌렁 드러누웠다. 그런 광재와 유정의 눈치를 번갈아 살피는 아이들. 유정이 괜찮다는 듯 미소를 지어보이자 태광이도 냉큼 교실 뒤로 달려 나갔다.

"자! 그럼 나머지는 들을 준비됐지? 이건 비밀이니까 작게 이야기 할게. 들려?"

"아, 잠깐만요!!"

진짜 그럴듯한 비밀이라도 되는 냥, 속삭이는 유정의 목소리를 듣기 위해 아이들이 일제히 앞자리로 모여들었다.

"글을 쓸 때 꼭 기억해야 하는 세 가지가 있어. 우리가 했던 활동 중에 있는데, 기억나?"

"단어 퍼즐이요?"

"한 문장 말하기!"

"주인공 소개하기요!"

아이들이 저마다 인상 깊었던 활동들을 이야기한다.

"한 문장 말하기, 주인공 소개하기는 정답! 마지막 하나는 바로!! 뒤통수치기! 기억하기 쉽게, 한 문장으로 주인공 뒤통수치기!"

상태가 속삭여 말하기로 한 약속도 잊은 채 큰 소리로 되물었다.

"뒤통수치기요? 흐흐흐. 누구 뒤통수를 쳐요?"

원국이가 낄낄대며 물었다. 공부 말고는 뭐든 자신 있다는 표정이다.

"글을 읽는 독자들의 뒤통수를 치는 거지."

유정이 자세를 좀 더 낮추어 아이들 가까이 다가갔다. 다음 이야기를 이어가려는데, 뒤에 있던 태광이가 슬쩍 일어나 의자에 걸터앉았다.

"아~ 선생님, 손광재랑 못 놀겠어요."

괜히 광재 핑계를 대긴 했지만 태광이도 내심 글쓰기 비법이 궁금했던 모양이다. 억울하게 동지를 잃은 광재가 이러지도 저러지도 못하는 표정을 짓고 있다.

"그래? 그럼 태광이도 여기 와서 앉던지, 이제 진짜 마지막 기회다!"

유정의 말에 태광이가 신나게 달려와 학수 옆자리를 차지했다. 혼자 남은 광재도 잠시 고민을 하다가 어쩔 수 없다는 듯 앞으로 걸어 나온다.

유정이 모르는 척 다시 이야기를 이어 나갔다.

"자, 그럼 두 사람을 위해 다시! 글 잘 쓰는 비법이 뭐라고?"

유정의 질문에 아이들이 피식피식 웃으며 큰 소리로 대답한다.

"한 문장으로 주인공 뒤통수치기!!"

뒤늦게 합류한 광재와 태광이만 무슨 소리냐는 듯 어리둥절한 표정이다.

"예를 들어 보자. 지난 시간에 썼던 글, 기억나지? 아침에 일어나 보니 초능력이 생겼습니다. 이 글 뒤에 어떤 이야기를 쓰면 좋을지 한번 떠올려 보는 거야."

유정이 칠판으로 가더니 방금 생각난 내용을 대충 끄적여 보았다.

"평범한 초등학교 6학년 주인공에게 사람의 마음을 읽을 수 있는 능력이 생겨났다. 주인공은 그 능력을 사용해서 선생님의 마음을 읽고, 중간고사에 100점을 맞았다."

아이들이 칠판에 적힌 글을 눈으로 따라 읽었다.

"자, 그럼 선생님이 이야기한 세 가지 비법을 적용해 볼까? 먼저 한 문장 말하기. 좋은 이야기의 첫 번째 조건은, 그 내용을 한 문장으로 간추릴 수 있어야 한다는 거야. 그게 바로 주제이자 작품이 말하고자 하는 이야기가 되는 거지. 자, 누가 이 내용을 한 문장으로 줄여서 이야기해 볼까?"

열 글자 말하기에 재능을 보였던 광재가 먼저 손을 들었다.

"평범한 초딩에게 마음을 읽는 초능력이 생겨 중간고사에 100점 맞은 이야기."

아이들 사이에서 감탄이 터져 나온다.

"잘했어! 그럼 첫 번째 비법은 통과! 다음은 주인공 소개야. 작가는 이야기 속 모든 인물들에 대해 누구보다 잘 알고 있어야 돼. 똑같은 주인공이지만 원래 공부를 잘했는지, 못했는지, 학원은 몇 개나 다니고 있었고, 공부 스트레스는 얼마나 있었는지, 그런 것들에 따라 이야기가 얼마든지 달라질 수 있어."

"그럼 이야기 쓰기 전에 인물 먼저 자세히 정해야 겠네요?"

"정답!! 너희 소설 앞에 등장인물 소개해 놓은 거 본 적 있지? 소설 뿐만 아니라 동화, 영화, 드라마에서도 매력적인 주인공은 반드시 필요해."

"그럼 한번 정해 봐요! 공부 엄청 못하는 꼴찌 찌질 남."

상태가 아이디어를 냈다.

"좋아, 그럼 여기를 이렇게 바꾸고."

유정이 평범 남이라는 글자를 지우고, '만년 꼴찌 찌질 남'이라고 적었다.

"다음은 가장 중요한 비법!"

"뒤통수치기!"

아이들이 신이 난 목소리로 외쳤다.

"이제 독자나 관객의 뒤통수를 쳐야겠지? 뒤통수치기는 다른 말로 반전이라고 해. 그럴 거라고 예상했는데, 전혀 다른 결말이 나와서 사람을 놀래키는 거지."

"알고 보니 둘이 남매였다! 이런 거요?"

드라마를 좋아하는 민주가 기다렸다는 듯이 말했다.

"맞아! 두 주인공의 사랑이 이루어지고 나면 사람들은 자연스럽게 당연한 결말을 떠올리게 될 거야. 저러다 결혼하겠지. 아니면 행복하게 잘 살겠지. 그런데 여기서 보는 사람의 뒤통수를 탁! 치는 거야."

"사실은 여자가 남자의 엄마였다."

"야! 무슨 막장 드라마냐?"

원국이가 황당한 의견을 내놓긴 했지만, 마지막 비법에 대한 이해는 확실히 한 것 같다.

"물론 세상에는 반전이 없는 이야기도 많아. 나쁜 사람이 등장하면 당연히 벌을 받게 된다든지, 남녀 주인공이 나오면 당연히 사랑에 빠지게 된다든지, 하지만 모든 이야기가 그렇게 예상한대로 흘러간다면 어떨까?"

"엄청 지루할 것 같은데."

"그래, 그래서 우리는 이야기 곳곳에 독자들이 예상치 못했던 반전을 탁! 숨겨 놓는 거야. 그럼 다시 찌질 남 이야기로 돌아가서, 사람의 마음을 읽게 된 주인공이 중간고사를 앞두고 있어. 이야기를 듣는 사람은 어떤 생각을 하게 될까?"

"당연히 선생님 마음을 읽어서 성적이 오르게 되겠죠?"

학수의 말에 아이들도 동의한다는 고개를 끄덕였다.

"맞아. 근데 진짜 이야기가 그렇게 진행된다면?"

"노잼일 것 같아요."

"그래서 필요한 비법이 뭐였지?"

"뒤통수치기!!"

"자, 오늘 미션은 뒤통수 제대로 치고 가기야. 어떻게 하면 독자의 뒤통수를 탁! 치는 이야기가 될 지, 여기다 써서 붙이고 가기!"

유정이 손바닥만 한 포스트잇을 꺼내들었다.

광재가 자신 있다는 듯 먼저 나와 종이를 받아갔다.

"먼저 다 쓰면 가도 되죠?"

역시나 자신만만한 상태의 말에 유정이 고개를 끄덕였다. 벌써 여러 번 글쓰기 미션을 해결해 본 아이들이 꽤 진지한 표정으로 연필을 집어 들었다.

칠판에 포스트잇이 하나, 둘 늘어나고, 먼저 미션을 끝낸 아이들이 입 모양으로 인사를 한 뒤 조용히 교실을 빠져나갔다. 마지막으로 진원이와 학수까지 미션을 마치고, 때마침 수업이 끝나는 종소리가 들렸다.

초록색 칠판 위에 알록달록한 포스트잇이 선물처럼 붙어 있다. 가만히 아이들의 기발한 생각들을 읽어 내려가던 유정의 입에서 여러 번 웃음이 터져 나왔다. 아이들과 함께하는 글쓰기는 하면 할수록 새롭고 흥미진진하다.

- 선생님의 마음을 읽어 정답을 알아낸 뒤 시험을 치르는데, 사실 그것은 선생님이 미리 준비하던 기말고사 정답이었고, 주인공은 결국 빵점을 맞는다. 〈손광재〉

- 주인공은 중간고사 올백을 위해 선생님의 마음을 읽는다. 하지만 정답은 읽히지 않고, 옆 반 총각 선생님을 좋아하는 선생님의 마음만 알게 된다. 아이들이 집에 간 뒤 몰래 데이트를 꿈꾸은 선생님을 위해 멋진 하루를 준비하는 주인공. 〈조수연〉

- 사람의 마음을 읽게 된 주인공은 선생님의 마음을 읽으려다가 실수로 같은 반 친구의 마음을 읽게 된다. 겉으론 활발해 보이던 전교 1등 친구가 사실은 우울증을 겪으며 자살을 고민하고 있다는 것을 알게 되고, 친구를 위해 다양한 경험을 하게 해 준다. 〈오학수〉

- 주인공이 시험 삼아 엄마 아빠의 마음을 읽어보는데, 자신이 주워 온 아들이라는 것을 알게 되고 절망에 빠져 집을 나간다. 그러다 우연히 점쟁이에게 캐스팅되어 사람 마음을 읽고 떼돈을 벌게 된다. 〈기상태〉

- 주인공이 선생님 마음을 읽어 숫자를 받아 적는데, 사실 그것은 선생님이 꿈에서 본 로또 1등 번호였다. 그 번호로 당첨금을 받아 재벌이 된다. 〈이현규〉

한 문장으로 주인공 뒤통수치기

아이들에게 글쓰기 비법을 알려주고 난 뒤, 복도에서 종종 익숙한 질문이 들려왔다.

"선생님, 뒤통수치는 게 뭐예요?"

선생님과 관한 일이라면 어떤 정보에도 뒤처지지 않는 주현이었다.

"응? 갑자기 무슨 말이야?"

"2반 기상태가 선생님이 제일 잘하는 게 뒤통수치는 거래요."

역시 상태다운 활용력이다.

"아…… 글쓰기 비법 말하는 걸 거야. 동아리 활동 시간에 가르쳐 줬거든."

"뒤통수치기를요?"

주현이가 전혀 모르겠다는 듯 고개를 갸웃거렸다.

"해보고 효과 좋으면 너희도 가르쳐 줄게!"

사실 초등학교에서 전 과목을 가르치다보면 어느 한 과목에도 제대로 집중할 수가 없었다. 매년 글쓰기만큼은 꼭 가르쳐 주어야지, 다짐하면서도 언제 한번 만족할만한 성과를 이룬 적이 없었던 이유다.

너무 당연해서 자꾸 잊어버리게 되는 것. 그래서 꼭 해야만 하고, 더 늦기 전에 바로잡아야 하는 것이 바로 글쓰기 교육이었다.

"그래서 역시 해답은 스토리텔링이라는 거지?"

작년에 같이 1학년을 맡으며 가까워진 최보나 선생님이었다.

"응, 스토리텔링이란 게 별것 아니거든. 우리가 아는 글쓰기를 이야기처럼 만들어서, 말하기, 듣기, 쓰기 능력까지 기르자는 거지."

최 선생이 이미 지겹게 들어 잘 알고 있다는 듯 고개를 끄덕였다. 이렇게 모든 이들을 설득할 수만 있다면, 가정과 학교에서 투자하는 약간의 시간만으로도 아이들의 글쓰기는 얼마든지 달라질 수 있다는 게 유정의 생각이었다.

<베스트셀러 작가되기>

목요일 6교시, 글쓰기싫은부 칠판에 대문짝만한 글씨가 적혀 있었다.

"어? 쌤! 저건 또 뭐예요?"

지난 시간 이후 부쩍 말이 많아진 학수가 교실로 들어오며 물었다.

"우리 책 내요?"

혜영이의 말에 옆에서 듣고 있던 민주와 원국이의 눈이 동시에 반짝였다. 어느새 바른 자세로 앉아 있는 아이들의 눈빛에 물음표가 가득 차오른다.

"두구두구두구! 오늘의 미션은?"

상태의 소개로 시작하는 오늘의 미션!

"오늘은 여기 적혀 있는 대로, 베스트셀러 작가 되기야."

"그게 뭔데요?"

"간단해! 너희는 그동안 해왔던 대로 뒷이야기 이어쓰기를 하고, 너희가 쓴 글을 선생님이 컴퓨터로 옮겨서 진짜 책을 만들 거야."

자신이 쓴 이야기가 책으로 나온다는 생각에 아이들이 벌써부터 흥분한 표정들이다.

"그 책을 각 반에서 돌려 읽고, 마음에 드는 작품 아래에 댓글을 다는 거야. 너희 잘하는 거 있지? 좋아요! 킹왕짱, 대박!! 이런 거."

"크크크. 쌤, 세대 차이 납니다!"

학수가 장난스럽게 키득거렸다. 덕분에 옆에 앉은 태광이까지

신이 나서 질문을 쏟아낸다.

"악플 다는 사람은요?"

"악플도 관심이긴 한데, 인신공격이나 도배성 댓글은 글씨체 비교해서 잡아내야지."

"자기 글 공개하기 싫은 사람은요?"

수줍음 많은 민주가 유정의 눈치를 살피며 물었다.

"그럴 줄 알고! 이번 이야기는 익명으로 쓰기! 선생님한테 공개하는 것도 싫은 사람은, 각자 집에서 컴퓨터로 써 오면 돼. 아침이나 방과 후에 선생님 책상 위에 올려놓으면 누군지 절대 안 물어볼게."

"진짜죠? 그럼 선생님 맨날 자리 비우셔야 돼요!"

광재가 다시 한 번 다짐을 받아 놓는다.

"좋아! 그럼 일단 주제부터 공개!"

유정이 미리 써 놓은 한글 화면을 띄우고 텔레비전을 켰다. 텔레비전에 다섯 개의 문장이 주르륵 등장했다.

- 내 비밀은 아무도 모를 거야.
- 어느 날 밤, 초인종 소리가 들렸습니다.
- 폭풍우가 세차게 몰아치는 밤이었습니다.
- 책상 위에 작은 상자 하나가 놓여 있었습니다.
- 우리 반에 새 친구가 전학을 왔습니다.

다섯 개의 문장을 마주한 아이들의 눈동자가 이리저리 바쁘게 굴러간다. 어떤 문장 뒤에 더 재미있는 이야기가 이어질지, 기대되고 또 설레는 듯한 표정들이다.

"이 중에서 하나 골라서 쓰고, 완성되면 선생님 책상 위에 살짝 올려놓기!"

"아…… 선생님, 글쓰기 너무 어려워요."

상태가 또 앓는 소리를 하며 투정을 부린다.

"글쓰기가 어려운 게 아니라 잘 쓰는 게 어려운 거지? 그럴 줄 알고 비법 알려줬잖아. 비법이 뭐였더라?"

"한 문장으로 주인공 뒤통수치기요!"

아이들이 함께 정한 비법 문장을 익숙한 듯 읊어낸다.

"그래, 그리고 실은 그때 얘기 안 해준 비법 한 가지가 더 있는데 말이야."

"우와 선생님, 역시 그럴 줄 알았어. 얼른 알려주세요!!"

아이들의 성화에 유정이 싱긋 웃으며 아이들을 바라보았다. 누가 보면 숙제 안 하고 혼 안 나는 비법이나 수업 시간에 공부 안 하는 비법을 알려달라고 하는 줄 알 것이다.

"마지막 비밀은 말이야. 바로…… 끝까지 쓰는 거야."

"엥? 그게 뭐예요. 쌤~!"

"어떻게 보면 이게 제~일 중요한 비법이겠다. 아무리 잘 쓴 글도 끝까지 쓰지 않으면 아무 소용이 없거든. 어떤 내용으로 쓰든 잔소리는 절대 안 할 테니까, 잘 쓰려고 하지 말고 신나게 끝까지 써봐. 다 쓰고 나면 제목도 멋지게 붙여보고."

"제목까지요? 그건 선생님이 붙여주면 안돼요?"

"기상태 말할 시간에 소설 한 권은 썼겠다."

상태 뒤에 앉아 있던 학수가 시끄럽다는 듯 일어나 창가로 자리를 옮겼다. 어느새 다시 조용해진 교실 안.

"선생님, 종이 더 가져가도 되죠?"

"얼마든지!"

이번엔 어떤 아이에게서 또 얼마나 새로운 이야기가 탄생하게 될까. 유정이 교실 앞에 앉아 아이들의 얼굴을 찬찬히 훑어보았다.

진짜 작가의 시간

익명의 작가가 되어보자는 미션을 내 준 뒤, 매일 글쓰기싫은부 아이들이 쓰다만 글을 들고 유정을 찾아왔다.

"선생님, 이 부분 좀 봐주세요."

"여기는 이게 나아요. 아니면 이게 나아요?"

수업을 마치고 아이들과 글에 대한 대화를 나누다 보니 작가 교육원에서 했던 동료들과의 열띤 토론들이 떠올랐다. 자신이 만든 세상과 그 안에서 벌어지는 흥미로운 이야기들. 누군가는 평범한 주부였고, 누군가는 평범한 회사원이었지만, 그 시간만큼은 모두가 1,000만 관객의 감독이자 베스트셀러 작가가 되어 있었다.

"선생님, 광재 요즘 이상해요."

쉬는 시간만 되면 답답한 교실을 벗어나기 바빴던 광재도 요즘은 책상 앞에 딱 붙어 앉아 이야기 창작에 열을 올렸다. 무슨 이야기를 쓰는 지 A4 파일로 책상 주변을 싹 막아 놓고 쉬는 시간이 끝나는 종소리에 아쉬운 한숨을 내뱉기도 했다.

"선생님, 시간 조금만 더 주시면 안돼요?"

수요일에 퇴근 준비를 하고 있는데, 집으로 돌아가던 혜영이가 창문으로 고개를 쑥 내밀며 말했다.

"아직 다 못 썼구나? 근데 이번 주엔 맡겨야 돼. 오늘만 좀 고생하면 안 될까?"

더 잘하고 싶은 마음에 시간을 늘려달라는 아이들과 그런 아이들의 작품을 재촉하는 선생님, 마치 출판사 편집장이라도 된 것 같은 기분이었다. 그런 기분을 느낀 건 유정뿐만이 아니었다.

"선생님, 애들이 저 꼭 작가 같대요."

복도에서 만난 상태가 신이 난 표정으로 말했다. 요즘 교실을 찾아오는 횟수가 부쩍 줄었다 했더니 아마 글쓰기에 정신이 팔려 그랬나 보다.

얼마 전 수연이의 일기엔 이렇게 쓰여 있었다.

"작가는 하루가 너무 짧을 것 같다. 이렇게 짧은 글을 쓰기도 벅찬데, 유명 작가들은 얼마나 시간이 모자랄까. 글을 쓰다 보면 한 시간이 꼭 10분처럼 지나가 버린다."

수연이의 말처럼 빠르게 시간이 흘러 목요일 6교시가 되었다. 약속대로 쉬는 시간마다 교탁 위에 아이들 작품이 하나둘 쌓여 갔다. 그렇게 10개의 작품을 소중히 쌓아 두고, 교실로 들어오는 아이들을 바라보았다. 자신의 글 하나를 완성했다는 뿌듯함과 후련함. 시간에 쫓겨 엉성한 결말을 맺어버린 아쉬움이 표정 곳곳에 뒤섞여 있다.

　"그럼 오늘은 지난 시간에 보다만 영화나 볼까?"

　지난 시간에 수업 소재로 사용했던 신의 능력을 갖게 된 남자의 이야기였다.

　갑작스런 제안에 아이들의 표정이 환하게 밝아졌다.

　"그럼! 원래 작가도 작품 하나 끝내고 나면 휴식기를 갖는 거야. 우리 꼬마 작가들, 일주일 내내 수고 많았어!"

　"아싸!! 감사해요. 쌤!!"

　아무리 신나는 글쓰기라도 흥미진진한 영화를 이길 순 없는 법이다. 기특한 아이들에게 미리 사 둔 팝콘까지 한 아름 안겨준 뒤, 교탁에 놓인 작품을 집어 들었다.

　한 자 한 자 컴퓨터로 옮겨 놓은 글자들이 열세 살 아이들답게 팔딱 팔딱거린다. 피식 웃음이 났다가 괜스레 가슴이 먹먹해지는 이야기들. 기발한 상상에 눈이 번쩍 뜨이기도 하고, 아이다운 어설픔마저 사랑스럽게 느껴졌다.

퇴근길에 미리 알아둔 인쇄소에 들렀다.

"이거 20권만 제본해주세요."

열한 부는 아이들과 유정의 몫으로, 남은 책은 반마다 한 부씩 돌리고 교무실에도 가져다 놓을 생각이었다. 혹시 처음의 제안이 받아들여지지 않는다고 해도, 아이들의 고민과 열정이 담긴 이 작품을 조금이라도 더 많은 사람들에게 소개하고 싶었다.

다음 주 월요일. 수업이 끝나자마자 인쇄소를 찾았다. 봉투에 곱게 담긴 20권의 책들. 그중 하나를 꺼내 표지를 가만히 만져 보았다.

〈글쓰기 싫은 교실〉

다음 장으로 넘기니 차례가 등장했다.

마지막은 아이들을 만난 이후로 매일 조금씩 적은 유정의 이야기였다. 아이들의 이름을 다른 이름으로 바꾸고, 신경이 쓰일 만한 사건들은 조금씩 각색하여 소설처럼 담아두었다. 우리가 함께했던 그 시간과 작은 변화들을 누군가 알아주었으면 하는 마음으로.

학교에 들어서자마자 책 한 권을 꺼내 교감의 책상 위에 올려두었다. 이남이 잠시 자리를 비운 덕분에 긴 얘기 없이도 아이들의 변화를 전할 수 있게 되었다. 교실로 돌아온 뒤, 각 반 선생님들에게 아이들의 책을 한 권씩 나누어 드렸다.

이제 내일이면 친구들에게도 이야기가 공개되고, 아이들은 진짜 작가처럼 두근거리며 독자의 반응을 기다리게 될 것이다. 내 이야기가 처음 책이 되어 독자와 만나게 되는 날, 먼 훗날 아이들의 기억 속에 내일은 어떤 하루로 남아 있게 될까.

열 명의 꼬마 작가를 위하여

"쌤!! 저희 책 나왔어요?"

아침부터 혜영이와 민주가 호들갑을 떨며 유정의 교실을 찾았다.

"응, 어제 선생님들한테 드렸으니까 이따 교실에서 볼 수 있을걸?"

"진짜요? 아!! 긴장 돼."

두 사람이 서로를 꼭 껴안으며 긴장된 마음을 진정시킨다. 아침부터 괜히 긴장이 되기는 유정 역시 마찬가지였다. 친구들의 반응에 아이들이 괜히 상처를 받는 건 아닐지 걱정스러웠고, 아직은 어설픈 아이들의 글 솜씨가 선생님들의 마음까지 움직일 수 있을지 불안한 마음이 들었다.

"쌤, 쌤!! 책 나왔죠? 저 먼저 봐도 돼요?"

광재가 교실로 들어서자마자 교탁 앞으로 다가오며 말했다. 관심 없는 척 맨 뒷자리에 앉아 있던 현규도 슬쩍 유정의 눈치를 살핀다.

"그럴래? 그럼 아침에 보고 얼른 줘야 돼!"

"이야!! 드디어 나왔다. 내 작품!"

신이 난 광재가 책 한 권을 현규에게, 나머지 한 권을 수연이에게 건넸다. 책상 앞에 앉아 책을 펼치는 광재의 모습이 좋아하는 음식을 앞에 둔 어린아이 같다.

"야!! 니 글도 있냐?"

옆자리에 있던 미정이 궁금해 하며 고개를 내밀었다.

"넌 이따가 봐! 어디 작가님 독서하시는데!"

몰려드는 친구들의 관심 속에 광재가 책 내용을 감추느라 여념이 없다.

"선생님! 저희도 보고 싶어요!"

친구들의 성화에 못 이겨 세 사람 모두 1교시 전에 책을 반납해야만 했다. 자꾸 그러면 댓글을 달아주지 않겠다는 친구들의 엄포에 광재도 어쩔 수 없이 책을 유정에게 돌려주었다.

"이건 글쓰기싫은부 친구들이 1년 동안 열심히 생각하고 만든 책이야. 재미있게 읽고, 다 읽으면 맨 뒤에다 소감 달아주기! 악플은 선생님이 끝까지 찾아낸다!"

장난 섞인 유정의 협박에 아이들이 당연하다는 듯 고개를 끄덕였다. 첫 독자의 영광은 공평하게 발표자 뽑기로 정했다. 평소엔

행여 자기가 걸릴까 봐서 고개를 푹 숙이고 있던 아이들이 걸리자마자 환호를 내지르며 소중히 책을 받아들었다.

쉬는 시간, 점심시간마다 우르르 몰려 책을 읽는 아이들. 침을 꿀꺽 삼키며 그 모습을 보고 있느라 광재와 현규, 수연이도 하루 종일 초조한 모습이다.

"이거지? 이게 딱 니 글이네."

장난스럽게 작가를 짐작해 보는 아이들.

"선생님, 이거 진짜 애네들이 쓴 거 맞아요?"

생각보다 괜찮았는지 대필 의혹을 제기하는 아이들도 있었다. 다른 반 분위기는 어떨지 나머지 네 반 선생님들에게 메시지를 보내보았다.

글쓰기싫은부, 책 반응 어때요?

(1반) 애들이 서로 보겠다고 종일 난리, 근데 이거 진짜 애들이 쓴 거 맞아?

(2반) 상태는 완전 진 선생 팬이에요. 내년에 중학교 가서도 또 하고 싶다는데?

(4반) 진원이가 저렇게 웃는 거 처음 봐요. 말은 안 하는데 엄청 자랑스러운 가 봐요.

(5반) 저도 어제 집에 가서 읽어 봤는데, 생각보다 잘 써서 놀랐어요. 근데 진짜 이 중에 원국이 글도 있어요?

글쓰기싫은부 아이들에게는 누구보다 행복하고 들떴을 하루가 지나갔다. 그리고 그날 오후, 드디어 유정에게도 기다리던 메시지 하나가 도착했다.

– 진 선생, 교무실로 와요.

교실에 남아 있던 당번들을 보내고 교무실이 있는 2층으로 내려갔다. 유정이 오기 전까지도 읽고 있었던 듯 책상 위에 제본된 책이 펼쳐져 있었다.

"읽어 보셨어요?"

"이걸 아이들이 썼다니, 솔직히 좀 놀라운 데요? 진 선생이 많이 고쳐준 거죠?"

"첫 문장만요. 다음은 아이들이 직접 쓴 작품이에요."

"음……. 놀랍네요. 우리 아이들 실력이 이 정도였다니."

"처음에 아이들이 어땠는지 아시면, 더 놀라실 걸요?"

아이들과의 만남을 떠올리던 유정의 입가에 슬며시 미소가 떠올랐다. 글쓰기는커녕 간단한 문장 쓰기조차 힘들어 하던 아이들. 그 아이들을 변화시킨 건 보상도 강요도 아닌 스토리텔링과 글쓰기의 힘이었다.

"그럼 스토리텔링 수업도 긍정적으로 검토해 주시는 거죠?"

유정의 말에 이남이 여부가 있겠냐는 듯 고개를 끄덕였다.

"정식 교과는 무리겠지만, 창체 시간 정도는 조정해 볼게요. 이

정도 결과라면 그 정도는 해 봐야지요."

"정말요? 감사합니다. 교감선생님."

"진 선생 보면서 나도 느끼는 게 많아요. 아이들은 항상 준비되어 있다는 거, 알게 해줘서 고마워요."

이남의 말에 유정의 코끝이 찡해져 왔다. 아이들과 함께 이뤄낸 결과이기에 더 값지고 소중한 기분이 들었다.

"참! 12월에 학부모 대상 글쓰기 연수가 있는데, 한번 해보는 거 어때요?"

감동에 젖어 있던 유정에게 이남이 뜻밖의 제안을 해왔다. 아이들에게 하는 교육이야 몇 명이 되었건 익숙한 일이었지만, 학부모들을 대상으로 강의를 해야 한다니, 영 부담스러운 기분이었다.

"어차피 내년에 스토리텔링 교육하려면 홍보도 좀 해야 하는데, 이번 기회에 학부모 의견도 들어보면 좋지 않겠어요?"

이남의 말을 듣다 보니 그것도 그렇겠다는 생각이 들었다. 부모가 바뀌어야 아이도 바뀔 수 있다는 생각. 그 당연한 진리는 스토리텔링 교육에서도 그대로 적용되는 이야기였다.

"뭐, 영 부담스러우면……."

"아니요. 할게요! 제가 하겠습니다."

유정이 시원스레 대답했다. 사실 이남이야말로 누구보다 글쓰기의 중요성을 잘 알고 있는 사람이었다. 국어교육과를 나와 매년 학급문집을 펴낼 정도로 글쓰기 교육에도 일가견이 있었다. 하지만 언제 한 번 글쓰기의 힘을 이토록 크게 느껴본 적이 있었던가. 무엇보다 확신에 찬 유정의 눈빛을 보니 다시 한 번 글쓰기 교육에 힘을 써 보고 싶다는 생각이 들었다.

"쌤!! 책 더 없어요? 저 오늘 하루 종일 기다렸는데, 애들이 아직도 안 읽었대요"

글쓰기싫은부의 첫 번째 책이 아이들에게 공개된 뒤, 유정은 하루 종일 아이들의 성화에 시달려야 했다.

"진 선생, 이 책 반응이 아주 좋은데? 마지막 이야기는 진 선생이 쓴 거지? 나 언제 사인이라도 하나 받아놔야 겠어."

1반 오대진 선생님의 말에 유정이 쑥스러운 웃음을 보였다. 글쓰기싫은부 아이들에게도 하루 종일 친구들의 질문과 칭찬이 쏟아졌다. 익명의 작가에게 남기는 한 줄 감상평. 그 작은 관심들이 하나둘 쌓여 10명의 꼬마 작가들을 으쓱하게 만들었다.

그날 오후, 긴 하루가 지나고 겨우 숨을 돌리려는데, 학부모에게서 문자 한 통이 도착했다.

선생님, 안녕하세요. 현규 엄마입니다. 지난 주말엔 현규가 늦게까지 책상에 앉아 있더라고요. 뭘 하나 봤더니 글을 쓰고 있던데, 선생님이 가르쳐 주신 거 맞죠? 하도 보지 말라고 야단이기에 칭찬만 해주고 나왔는데,

울컥 눈물이 나올 뻔했답니다. 요즘은 숙제도 잘하고, 책상 앞에도 잘 앉아 있어요. 어제는 작가가 되려면 무슨 공부를 해야 되냐고 묻길래 선생님께 물어보라고 말해줬어요. 선생님, 정말 감사합니다.

아침에 광재가 건넨 책을 받아들고 얼떨떨한 표정을 짓던 현규가 떠올랐다. 학교에선 한 번도 글을 쓴 적이 없었던 것 같은데, 친구들에게 그 모습을 들키기가 아직은 부끄러웠나보다. 교실 책상 위에 아이들이 두고 간 책이 놓여 있었다. 가만히 책장을 넘겨 아홉 번째 글을 펼쳤다.

제목 : 소원

지난 밤 읽었던 이야기를 떠올리며 한 자 한 자 소감을 적어 넣었다.

☆ 어머니에 대한 마음이 잘 담겨 있는 글이네요. 잘 읽었습니다.
다음 작품도 기대할게요!
-1호 팬이

마지막 수업

스무 번째 목요일. 글쓰기싫은부의 마지막 수업이 예정되어 있었다.

"오늘 드디어 마지막 날이지? 1년 동안 쓰기 싫은 글 쓰느라 진짜 수고 많았어."

유정이 글쓰기싫은부 아이들의 얼굴을 한 명 한 명 바라보았다.

"쌤, 너무 아쉬워요."

상태의 솔직한 말에 아이들이 모두 동의한다는 듯 고개를 끄덕였다. 매년 해왔던 동아리 활동이지만 올해 20시간은 유난히도 빠르게 지나갔다. 서로의 이야기에 귀를 기울이고 스토리의 매력에 빠져 있는 사이 계절은 어느새 겨울을 향해 가고 있었다.

"이거 보면 아마 더 아쉬울 걸?"

유정이 미리 걸어 놓은 《글쓰기싫은부》 책을 교탁 위에 꺼내 놓았다.

"아아!! 선생님, 안돼요."

"내 글에 악플 엄청 달렸을 것 같아."

민주와 혜영이가 격한 반응을 보이며 서로를 끌어안았다.

"친구들이 써준 댓글은 전부 복사해서 책 뒤에 붙여놨어. 이제 책도 나왔으니까 호칭은 작가님이라고 해야지. 작가님들, 첫 작품 완성 축하하고, 앞으로도 좋은 글 많이 쓰는 멋진 작가가 되길 바랄게."

작가라는 호칭이 어색하면서도 싫지 않은 모양이다. 아이들이 쑥스럽게 웃으며 서로를 쳐다보았다.

"그리고 앞으로도 글 열심히 쓰라고, 선생님이 선물 하나씩 준비했지. 짠!"

유정의 손에 갈색 크라프트지로 된 노트 한 권이 들려 있다.

"뭐예요?"

"선생님이 매일 쓰는 노트. 갑자기 떠오른 생각도 적고, 재미있는 아이디어도 적고, 그냥 이것저것 쓰다 보면 글 쓰는 게 더 좋아질 거야. 그럼 한 사람씩 불러볼까? 우선 1반, 이태광 작가님."

태광이가 머리를 긁적이며 교탁 앞으로 걸어 나왔다.

"선생님이 태광이 글 엄청 좋아하는 거 알지? 앞으로도 멋진 글 많이 보여줘!"

"네, 감사합니다."

진심이 담긴 태광이의 인사에 유정이 웃으며 악수를 청했다. 이어서 학수와 상태, 수연이와 현규, 광재도 나와서 책을 받았다. 진원이는 살짝 눈시울까지 붉어지며 한참 동안 자신의 첫 번째 책을 바라보았다.

"선생님, 진짜 감사해요."

익숙한 인사 한마디에 너무 큰 진심이 담겨 있어서 하마터면 같이 눈물을 쏟을 뻔했다.

"기분이 이상해요."

친구들이 적어준 소감을 하나씩 읽어 내려가던 혜영이가 말했다. 칭찬과 부러움이 뒤섞인 댓글들이 아이들의 글을 더 그럴듯하게 만들어 주고 있었다.

"해보니까 어때? 나중에 진짜 내 책을 내는 것도 멋질 것 같지?"

"책 내는 거 별것 아닌데요?"

원국이가 자신만만한 말투로 말했다. 직접 쓴 한 편의 이야기가 아이들에게 커다란 자신감과 든든한 용기를 심어주었다.

"앞으로 글 쓰는 데 질문이 생기면 언제든지 찾아와도 돼. 한 번 제자는 영원한 제자니까 애프터서비스는 제대로 해줘야지."

"진짜요?"

학수가 물었다. 지난번 상담 이후로 또 묻고 싶은 이야기가 생긴 모양이다.

"그럼! 대신 선생님이 쓴 글도 가끔 읽어 줘야 된다!"

"저요. 저요!! 제가 읽어드릴게요!"

상태가 번쩍 손을 들며 말했다. 든든한 "저요!" 소리도 마지막이라고 생각하니 아쉬운 마음이 들었다.

"이제 진짜 마지막 질문이야. 아직도 글쓰기가 싫은 사람?"

이번엔 아무도 손을 들지 않았다.

"그럼 글 쓰는 게 조금이라도 재미있어 지기 시작한 사람은?"

제일 먼저 상태와 진원이가 손을 번쩍 들었다. 그리고 학수, 수연이, 혜영이와 민주. 슬쩍 눈치를 살피던 광재와 태광이까지 손을 들고 나니 유정의 시선이 현규에게로 향한다.

잠시 생각에 빠져 있던 현규가 슬며시 손을 들어 올렸다. 이로써 100% 동의.

"선생님도 계속 글 쓰실 거예요?"

학수가 물었다.

"그럼! 당연하지!"

24

비밀은 스토리텔링

1~6학년 학부모 신청자 158명. 평소 학부모 연수의 신청 인원이 40명 내외인 것을 감안하면 놀랄만한 반응이었다.

"이거 시청각실에서 하긴 무리겠는데요?"

학부모 연수를 담당하는 교무부장과 교감이 유정을 불러 긴급회의를 열었다.

"의자 놓고 강당에서 하는 건 어때요? 진 선생 수업, 들어보고 싶다는 학부모들이 많은가 봐요. 이참에 교사들도 같이 들으면 좋을 것 같은데."

"네? 선생님들도요?"

과연 두 시간 안에 그들의 마음을 얼마나 움직일 수 있을지, 생각지도 못했던 규모에 벌써부터 긴장감이 몰려들었다.

"그럼 제대로 한번 해봅시다. 강사료 책정하고, 강의 자료도 좀 뽑고."

그렇게 시작된 강의에는 총 158명의 학부모와 32명의 교사가 참석했다.

<'아이들을 바꾸는 스토리텔링의 힘' 강사. 진유정 교사>

강당을 가득 메운 학부모들을 보며 유정이 다시 한 번 마음을 가다듬었다. 지금 이 순간, 아이들을 위해 스토리텔링의 힘을 증명할 수 있는 사람은 오직 유정뿐이다.

"안녕하세요. 금아초 6학년 3반 담임 진유정입니다. 오늘 강의는 다른 강의랑은 좀 다르게 직접 써 보고 느끼는 시간이 될 것 같아요. 글쓰기도 좀 하고, 자기가 쓴 글을 발표도 해볼 건데, 벌써부터 괜히 왔다, 하는 생각하고 계시죠?"

유정의 말에 대답 대신 여기저기서 웃음이 새어 나왔다.

"글쓰기가 이렇습니다. 초등 6년, 중, 고등 6년. 최소 12년은 국어 수업을 받아온 우리한테도 글쓰기는 이렇게 늘 부담스러운 과제예요. 왜일까요?"

질문과 함께 미리 준비해 둔 PPT 화면이 등장했다.

<겨울>

갑작스런 단어에 학부모들이 일제히 어리둥절한 표정을 지었다.

"들어오실 때 나누어 드린 파일 안에 보시면 A4 용지랑 볼펜이 있을 거예요. 지금부터 5분 드릴 테니까 그 단어로 글짓기를 한번 해보시는 겁니다. 자, 준비되셨죠?"

무언가 반응을 보일 새도 없이 화면에 타이머가 등장했다. 침묵 속에 흘러가는 시간. 갑자기 과제를 받아 든 학부모들이 어떻게든 글을 지어내려 머리를 굴렸다.

"이제 다 되셨죠? 완성 못 하셨어도 되고요. 사실 5분 안에 완성까지는 힘든 거니까요. 대신 얼마나 적으셨는지 여쭤볼게요. 혹시 글을 끝까지 완성하신 분 계신가요?"

당당히 손을 드는 사람은 아무도 없다.

"발표는 안 시킬 테니까 부담 갖지 마시구요. 그럼 혹시 완성은 못했지만 10줄 이상은 썼다. 하시는 분!"

이번엔 대여섯 사람이 손을 들었다.

"좋아요. 그럼 이번엔 아예 못 썼다, 하는 분 계세요?"

기다렸다는 듯 대부분의 학부모가 슬그머니 손을 들어 올렸다.

"이상하죠? 겨울. 모르는 단어도 아니고, 겨울에 대한 추억이 없는 것도 아니에요. 여기 계신 분들 적어도 서른 번 이상의 겨울은 맞아 보셨잖아요. 근데 이상하게 뭔가 쓰려고 하면 이게 맞는 건지, 틀린 건지, 불편하고 어색하고, 심지어 손발이 오글거리는 증상도 발생해요. 대체 왜 일까요?"

다들 정말 답답하다는 듯한 표정이다.

"혹시, 연필 잡아본 지가 너무 오래 돼서, 글 쓰는 방법을 잊어버린 걸까요?"

곳곳에서 가벼운 웃음이 터져 나오고 다음 화면에 어느 취업준비생의 자기소개서가 등장했다.

"이 글, 누가 쓴 거라고 생각하세요?"

"고등학생? 대학생?"

학부모들 사이에서 갖가지 추측이 쏟아져 나온다.

"요즘 취업난이 심각한 건 아시죠? 제가 글 좀 쓴다고 하니까 주변에 자기소개서 좀 봐달라는 부탁이 엄청 들어와요. 이왕 시작한 일 도움 좀 줘볼까 싶어서 신청을 받아봤는데, 요즘 대학생들 중에서 글쓰기를 힘들어 하는 사람들이 많더라고요. 알아주는 명문대에 대학원까지 나와서 자기소개서를 쓰는데, 쓰다 보면 무슨 말인지도 모르겠고, 주어, 서술어, 목적어는 아무 데나 막 들어가 있고."

초등학생들에겐 아직 먼 이야기긴 하지만, 언젠가는 부딪혀야 할 문제라는 생각에 학부모들의 표정이 사뭇 진지해진다.

"근데 우리, 글쓰기 교육 받을 만큼 받았잖아요. 그럼 혹시 지금 보여드리는 거, 안 해보신 분 있으면 손 들어 주세요."

다음 화면에 누구에게나 익숙한 글쓰기 과제들이 등장했다.

– 일기, 독후감, 논술

"어렸을 때 이런 거 한 번 안 해보신 분 없으시죠? 요즘 애들은 여기에 논술, 인문고전, 글쓰기 과외까지. 아주 글쓰기 교육을 체계적으로 받고 있습니다. 근데 이상한 건 그런 아이들이 갈수록 글쓰기를 싫어하게 된다는 거예요. 대체 뭐가 문제일까요?"

학부모들이 여전히 모르겠다는 듯이 고개를 갸웃거렸다.

"이 글 한 번 들어보세요."

글쓰기는 정신을 강하게 한다.

매일 아령을 들면 날이 갈수록

팔의 근육이 단단해지고 두꺼워지듯이

매일 글쓰기를 하면 정신에도 힘이 붙고

근육이 붙어 단단해진다.

정신이 단단해지면 매사에 자신감이 생기고

사소한 일에 흔들리지 않게 된다.

덥다고 짜증 내지 않고, 춥다고 오그라들지 않는다.

코앞을 바라보지 않고 우주를 생각하게 된다.

매일 우주를 가슴에 품고 사는 사람은

웬만한 일들에 호들갑 떨지 않는다.

커다란 숲처럼 흔들림이 없다.

- 이은대《내가 글을 쓰는 이유》[4] 중에서

"글쓰기를 하면 정신에 근육이 붙는대요. 우리 운동을 꾸준히 하다 보면 어때요? 처음엔 하나 밖에 못하던 팔굽혀펴기를 열 개하고, 스무 개하고, 나중엔 오십 개씩 해도 될 만큼 팔에 근육이생기는 거죠. 근데 그 시간에 운동을 하는 게 아니라 이론만 배운다면 어떨까요? 팔 위치는 어디에 두고, 몸을 어떻게 지탱하는지를 알면 저절로 팔굽혀펴기 실력이 늘게 될까요?

글쓰기의 비법은 따로 없어요. 일단 쓰는 거예요. 대신에 질리지않을 만큼만 쓰고 싶은 이야기를 가득 쌓아놓고 줄줄 써 보는 거죠. 근데 이 쓰고 싶은 이야기라는 게, 그냥 튀어나오는 게 아니에요. 없는 경험 억지로 짜내서 반성문 쓰듯 분량을 채우게 해서는안 된다는 거죠. 그래서 저는 아이들에게 글쓰기 교육이 아닌 글이 쓰고 싶어지는 환경을 만들어 주고 싶었어요. 이쯤에서 과제하나 더 드릴게요. 아까 종이 있으셨죠? 뒤집어서 다시 글을 써볼거예요. 시간은 똑같이 5분. 주제는?"

---

4) 이은대 지음《내가 글을 쓰는 이유》, 슬로래빗.

이번엔 화면에 문장 하나가 나타난다.

<어느 날 밤, 초인종 소리가 들렸습니다>

"남편은 출장을 가고, 아이들은 수학여행을 가서 집에 혼자 있게 됐어요. 잠이 안 와서 TV를 보다가 시계를 보니 새벽 한 시가 다 되어 갑니다. 이제 자야지, 생각하고 TV를 막 껐는데, 딩동. 초인종 소리가 들렸어요. 다음에 어떤 일이 벌어졌을까요?"

갑작스런 상황 설정에 여기저기서 재밌다는 반응들이다. 미소 띤 얼굴로 상황을 상상해 보기도 하고, 갑자기 떠오른 아이디어를 놓쳐버릴까 급히 볼펜을 움직이는 학부모도 보인다.

똑같이 5분 뒤, 아까와는 다른 열기와 집중력이 강당 안을 가득 메우고 있다.

"자, 거기까지 쓰시고, 이번에도 한 줄도 못 썼다, 하는 분 계신가요?"

설마 하는 마음에 조금 기다려 보았지만 손을 드는 사람은 아무도 없었다.

"그럼, 열 줄 이상 썼다, 하시는 분?"

여기저기서 꽤 많은 사람이 손을 들었다.

"그럼 혹시 더 쓰고 싶은데 시간이 끝나서 아쉬웠다, 하는 분 계세요?"

서른 명 정도가 손을 들어 올린다.

"우리 아까 '겨울'이라는 단어로 글쓰기를 했을 때랑 어떤 차이가 있었을까요?"

"처음 시작을 해주니까, 훨씬 덜 부담스럽네요."

"그럴듯한 상황이라 상상도 되고, 재밌었어요."

처음보다 한결 부드러워진 분위기 속에 학부모들의 이야기가 이어졌다.

"그럼, 이거 한번 보실래요?"

이번엔 화면에 제법 긴 글 한 편이 등장했다.

제목 : <악몽>

방금 화면에 등장했던 첫 문장으로 시작되는 이야기였다.

"어느 날 밤, 초인종 소리가 들렸습니다."

뒷자리까지는 글자가 잘 보이지 않을 것 같아 유정이 직접 이야기를 읽어 주었다. 제법 흥미진진하게 진행되는 이야기에 학부모들도 숨을 죽이고 유정의 목소리에 집중을 시작했다. 이야기가 끝난 뒤, 여기저기서 박수 소리가 터져 나왔다.

"어때요? 방금 들으신 이야기는 6학년 글쓰기싫은부 학생이 직접 쓴 글이에요. 물론 문장이나 어휘력은 아직 부족하지만, 자기 스스로 이야기를 구상하고, 주인공을 설정하고, 결말에 반전까지 집어넣었어요.

가장 중요한 건, 이 글을 쓸 때 분량 제한이 없었다는 거예요. 세 줄 이상 써라. 한 페이지를 써라. 그런 말을 안 했는데도, 수업 시간에 쓰고, 쉬는 시간에도 쓰고, 무려 A4 세 페이지의 글을 스스로 써왔답니다. 그 비법은 바로 스토리텔링이었어요. 아무리 좋은 글이라도 누군가 읽어주지 않으면 의미가 없는 것처럼, 자기가 쓴 이야기를 입으로 말하고, 귀로 들으면서 글 쓰는 실력이 함께 향상될 수 있었던 거죠."

"다 쓴 이야기는 자기가 발표하는 건가요?"

가만히 설명을 듣고 있던 한 학부모가 손을 들고 질문을 했다.

"아니요. 스토리텔링 교육에서는 작가와 스토리텔러를 구분해서 이야기해요. 물론 최종 목표는 자기 글을 자기가 이야기하는 게 되겠지만, 아무래도 처음엔 좀 어색하니까요. 스토리를 쓰는 작가도 되고, 생생하게 이야기를 읽어주는 스토리텔러도 되고, 편안한 마음으로 앉아서 이야기를 듣는 관객도 되어 보는 게 바로 스토리텔링이에요. 쉽게 말하면 읽기, 쓰기, 말하기, 듣기를 동시에 진행하는 거죠."

"글쓰기의 핵심은 스토리에 있고, 쓰기와 말하기를 동시에 진행하기 위해 스토리텔링 교육을 해야 한다는 거죠?"

이남이 유정의 말을 다시 한 번 정리해 주었다.

"네, 그런데 이 스토리라는 게 듣기는 쉬워도 쓰기는 어렵거든요. 그래서 어떻게 하면 아이들의 상상력을 자극할 수 있을까 생각해 봤어요. 그랬더니 그 답은 역시 스토리에 있었더라고요. 영화 예고편을 보면 다음에 올 장면들을 막 상상하게 되잖아요? 그것처럼, 아이들에게 다음이 궁금해지는 첫 번째 장면을 보여주는 거예요. 몇 번 반복하다 보면 아마 첫 장면까지 스스로 쓸 수 있는 자신감이 생기게 될 거예요."

유정의 말에 많은 학부모와 교사들이 어느새 고개를 끄덕이고 있다.

"근데 상상력이 없는 아이들은요?"

한쪽에서 학부모의 질문이 들려왔다.

"그래서 제가 했던 게, 생각열기 활동들입니다."

다음 화면에 1년 동안 아이들과 함께했던 글쓰기싫은부 활동들이 나타났다.

"시간이 없어서 다 보여드릴 순 없으니 몇 가지만 보여드릴게요."

사물 보고 상상하기, 화면 속 남녀의 사연, 3단계 단어 퍼즐과 열 글자로 간추리기, 아이들이 직접 한 낙서 종이가 차례로 등장했다.

"이건 사실 평소에 집이나 교실에서도 충분히 할 수 있는 활동들이에요. 나들이 가는 길에 차 안에서 할 수도 있고, 집에서 엄마랑 마주 앉아 할 수도 있고."

"요즘 애들 그냥 말도 잘 안 듣는데."

한 어머님의 푸념에 여기저기서 맞장구치는 소리가 들렸다.

"맞아요. 그래서 제가 드리고 싶은 말씀은, 말 잘 듣는 1학년 때부터 스토리텔링 교육을 시작해야 한다는 겁니다."

"1학년도 가능한 거예요?"

"단어랑 문장 수준만 바꾸면 얼마든지요! 같은 주제로 1학년 친구가 쓴 글도 한번 보여드릴까요?"

다시 화면에 1학년 아이가 쓴 뒷이야기 이어쓰기 학습지가 등장했다.

"와……."

학습지를 가득 채운 또박또박한 글씨에 엄마들이 입이 떡 벌어졌다.

"놀랍죠? 적어도 저학년 때까지는 집에서, 학교에서, 생각열기 활동을 충분히 해주셔야 해요. 그리고 나서 말 안 듣는 시기가 오면, 이제 학교나 학원에서 그 역할을 담당하는 거죠. 혼자서 하던 상상을 엄마랑 하면 더 재미있고, 반에서 친구들이랑 하면 더 신이 나서 하게 될 거예요. 그 과정에서 아이들의 생각이 커지고 듣기, 말하기, 쓰기 능력이 향상되는 거랍니다."

"간단하네요!"

맨 앞에서 듣고 있던 광재 엄마가 무릎을 탁 치며 말했다.

"똑같은 내용이라도 이야기 형식이 되면 더 흥미롭잖아요. 요즘 상품이나 지역에도 스토리를 담아 홍보하고 있는 거 아시죠? 사람도 마찬가지예요. 이야기를 쓰고, 듣고, 말하다 보면 자신의 인생을 스스로 스토리텔링 할 수 있게 되지요. 자기소개서에는 꼭 면접이 따라오고, 회사 보고서에는 그에 맞는 프레젠테이션이 요구되는 시대예요. 이제 글짓기나 논술만을 위한 글쓰기가 아니라 내생각을 표현하고, 나를 알리기 위해 스토리텔링을 배워야 합니다."

강의가 끝나고 강당 여기저기서 힘찬 박수 소리가 터져 나왔다. 유정이 기획하고 아이들이 증명한 스토리텔링의 힘이 드디어 그위력을 발휘하는 순간이었다. 강당을 나가려는 유정을 붙잡고, 글쓰기에 대한 오랜 고민을 털어놓는 학부모들도 있었다.

"아무래도 진 선생 강의 한 번 더 해야겠는데요?"

이남이 만족스러운 표정으로 유정을 바라보았다. 아이들을 위한 진심어린 고민과 그 안에 담긴 생생한 이야기들이 어느새 학부모의 마음까지 흔들어 놓고 있었다.

현규의 소원

유정이 종일 긴장했던 마음을 내려놓으며 교실에 들어섰을 때, 교탁 위에 하얀색 쪽지 하나가 놓여 있었다.

글쓰기를 가르쳐 주셔서 감사합니다! —이현규

반쯤 열린 창문 밖에서 상쾌한 바람이 살랑 불어 들어왔다. 조금도 예상치 못했던 선물에 유정의 입가에 기분 좋은 미소가 떠올랐다.

'똑똑.'

그때 교실 앞문에서 누군가 문을 두드리는 소리가 들렸다.

"안녕하세요. 선생님."

문이 열리고 들어온 것은 작은 체구에 긴 머리를 하나로 묶은 중년 여성이었다. 가만 보니 화장 끼 없는 얼굴이 어디선가 본 듯한 느낌을 풍겼다.

"저 현규 엄마예요."

그 말을 듣자마자 머릿속에 퍼즐이 탁 맞춰지며 눈앞에 현규의 얼굴이 떠올랐다. 평소엔 잔뜩 인상을 쓰고 있지만 자세히 살펴보면 아래로 살짝 처진 눈매와 말할 때 안으로 말리는 입술이 누가 봐도 모자 사이라고 할 만큼 닮아 있었다.

"안녕하세요. 어머님, 이쪽으로 와서 앉으세요!"

유정이 책상 두 개를 붙여 앉을 자리를 만들며 속으로 그녀가 학교에 오게 된 이유를 열심히 짐작해 보았다. 현규에게 들은 바로는 회사 일이 바빠 엄마가 늘 바쁘시다고 했는데, 이렇게 학교까지 찾아올 정도면 무언가 큰 고민이 생긴 모양이었다.

'현규가 갑자기 글이고 뭐고 다 싫다고 했나? 아님 내가 모르는 가정 문제?'

유정의 복잡한 생각을 읽었는지 그녀가 자리에 앉자마자 조심스레 입을 열었다.

"연락도 없이 찾아와서 놀라셨죠? 실은 선생님 오늘 강의하신다는 거 듣고 꼭 와보고 싶었어요. 얼굴 뵙고 감사하단 말도 드리고 싶었고요."

그렇게 말하는 그녀의 얼굴에 옅은 미소가 번졌다. 쑥스러울 때 저렇게 웃는 것도 엄마를 쏙 빼닮았구나. 꼭 닮은 두 사람의 모습을 보니 현규도 한때는 엄마 밖에 모르는 귀여운 아들이었겠구나, 하는 생각에 마음이 찡해졌다.

"정말 감사해요. 바쁘실 텐데 이렇게 직접. 아! 현규가 쓴 글은 보셨어요?"

"아니요. 창피하다고 죽어도 안 보여 주던데요? 그래도 선생님 강의하신다는 가정통신문을 잘 챙겨서 식탁에 올려놨더라고요. 선생님이 많이 자랑스러운 가 봐요."

아이가 교사를 자랑스러워 한다는 건, 아이를 맡긴 부모에게도 교사에게도 더 없이 행복하고 감사한 일이다. 적어도 지난 시간이 헛되진 않았구나, 하는 생각에 유정이 마음속으로 안도의 한숨을 내쉬었다.

"현규한테 들으셨겠지만 애들 아빠가 그렇게 나가버리고, 몇 번이나 애들을 포기하고 싶었어요. 아직 고작 초등학생인데 모질게 구는 거 보면 내가 너무 부족한 엄마인가 싶고, 집에 들어가는 게 꼭 지옥 같았거든요."

그 말을 하는 그녀의 표정이 다시 그 시절을 떠올리고 있는 듯 괴로워 보였다. 여러 명의 아이를 가르치다 보면 알면서도 외면하게 되는 순간들이 있다. 시간만 더 있었더라면, 학급당 학생 수가 조금만 적었더라면, 여러 핑계를 방패삼아 모른 척 외면했던 현규의 아픈 표정들이 떠올라 미안한 마음이 들었다. 그때 그 행동이 잘 못되었다는 걸 바쁘더라도 한 번 더 이야기해 주었더라면, 그때 그 미묘한 표정 변화를 그냥 지나치지 말고 한 번 더 물어 주었더라면.

유정이 그렇게 미안함과 죄책감을 느끼고 있을 때, 현규의 엄마가 오히려 평온한 표정을 지으며 유정을 바라보았다.

"죄송합니다. 제가 더 신경 써 줬어야 하는데."

"아니요. 선생님이 충분히 잘해주신 거 알아요."

"참! 현규가 저한테 처음으로 쪽지를 남겼던데."

유정이 그렇게 말하며 교탁 위에 놓아둔 쪽지를 가져와 보여 주었다.

글쓰기를 가르쳐 주셔서 감사합니다! -이현규

딱 한 문장 안에 담긴 마음을 현규 엄마가 한참 동안 찬찬히 읽고 또 읽었다.

"이런 말도 할 줄 아네요."

"아마 엄청 고민하고 쓴 걸 거예요. 참! 현규가 쓴 글도 있는데 지금 보실래요?"

유정의 말에 앞에 앉은 그녀의 눈빛이 처음으로 반짝거렸다.

"이 책 그냥 가져가셔도 되는데."

"아니요. 현규가 알면 싫어할 거예요."

"그럼 저 잠깐 교무실 좀 다녀올 테니까 천천히 보고 계세요."

읽는 데 10분도 채 걸리지 않을 짧은 글이었지만, 그녀라면 아들의 글을 오래오래 마음에 담아두고 싶을 거라는 생각이 들었다.

교실에서 나온 유정이 오랜만에 가벼운 마음으로 교무실로 향했다.

"진 선생, 오늘 강의 너무 좋았어요. 진짜 대단하던데?"

교무실에 있던 선생님들이 일제히 엄지를 세우며 유정의 어깨를 으쓱하게 해주었다.

"이게 다 교감선생님 덕분이에요."

"뭐예요? 내가 처음에 반대했었다고 비꼬는 건가?"

흐뭇하게 그 모습을 보고 있던 이남이 민망한 표정으로 눈을 흘겼다.

"아니요. 그럴 리가요. 원래 애들도 절대 하지 말라고 하면 더 하고 싶어 하잖아요. 교감선생님도 저 더 하고 싶으라고 극구 반대하셨던 거죠?"

"뭐예요? 하하하!! 진 선생은 진짜 말로는 못 이기겠네. 이게 스토리텔링의 힘인 건가?"

능청스러운 유정의 말에 이남이 큰 소리로 웃음을 터뜨렸다.

이제 유정은 아이들과 함께 새로운 수업을 시작할 것이다. 글쓰기 싫은 교실이 아닌 글쓰기가 신나고 기다려지는 교실에서.

〈소원〉

어느 날 밤, 초인종 소리가 들렸습니다.

문을 열고 나가보니 문 앞에 작은 쪽지 하나가 붙어 있었습니다.

'내가 누구인지 맞추면 너의 소원 세 가지를 들어주겠다.'

철수는 누가 장난을 하는 거라고 생각했습니다. 하지만 다음 날부터 이상하게 그 시간만 되면 잠이 오지 않았습니다.

다음 날 밤, 또 다시 초인종 소리가 들렸습니다. 철수가 재빨리 문을 열었지만 문밖에는 아무도 없었습니다.

다음 날에도 초인종이 울렸습니다. 이번에는 문 앞에 앉아 졸고 있던 철수가 재빨리 문을 열었습니다. 철수의 집은 5층이었는데 아래층 계단에서 누군가 내려가는 소리가 들렸습니다.

그다음 날 철수는 문고리에 손을 댄 채 초인종이 울리기만을 기다렸습니다. '딩동' 소리가 끝나기도 전에 문을 열었습니다. 하지만 이번에도 발소리만 들렸습니다.

그리고 다음 날, 철수는 위층 계단에 미리 나가 자기 집 문을 지켜보기로 결심했습니다. 그렇게 하면 누가 초인종을 누르는지 알 수 있을 것 같았습니다. 그날 저녁 위층 계단에 앉아 초인종 소리가 들리기만 기다리던 철수가 잠이 들고 말았습니다.

꿈에서 신나게 게임을 하고 있을 때, 어디선가 '딩동' 소리가 들렸습니다. 놀란 철수가 눈을 뜨고는 조용히 일어나 자기 집 문을 살펴보았습니다.

문 앞에 서 있는 것은 다름 아닌 엄마였습니다.

"엄마? 왜 비밀번호를 안 누르고 초인종을 눌러?"

철수가 묻자 엄마가 비밀번호를 잊어버렸다고 대답했습니다.

"근데 너 거기서 뭐하고 있었어?"

"누가 자꾸 초인종을 누르고 도망가잖아."

철수가 대충 말을 하고는 방에 들어와 일기장을 펼쳤습니다. 일기장에는 철수가 미리 생각한 소원 두 가지가 적혀 있었습니다.

1. 하루 종일 게임하기
2. 배달 마음대로 시켜먹기

마지막 세 번째 소원은 아직 떠올리지 못했습니다.

'어차피 누가 장난친 걸 텐데 뭐.'

하지만 철수는 다음 날 자기도 모르게 초인종 소리를 기다렸습니다. 하지만 다음 날도, 그다음 날도 초인종은 울리지 않았습니다.

실망한 철수가 방에 들어와 휴대폰을 보고 있는데 엄마가 철수를 부르셨습니다.

"철수야, 엄마 이번 주 토요일에 하루 종일 일해야 돼. 주말이니까 맛있는 거 시켜 먹고 집에서 놀고 있어."

엄마가 용돈도 10만 원이나 주셨습니다.

"야호!!!"

철수가 신이 나서 외쳤습니다. 그러고 보니 철수가 일기장에 적어놓은 소원이 이루어진 것이었습니다.

"설마 정답이 엄마였나?"

철수는 그럴 리 없다고 생각했지만 소원이 이루어진 것이 너무 기뻤습니다.

토요일이 되자 철수는 아침 일찍부터 눈이 떠졌습니다. 평소엔 여덟 시에 일어났는데 그날은 종일 게임을 할 생각에 아침 여섯시부터 잠에서 깨어났습니다. 다시 잘까 게임을 할까 고민하고 있는데, 문밖에서 달그락 소리가 들렸습니다. 나가보니 엄마가 아침을 만들고 있었습니다.

"어차피 오늘 배달 시켜 먹을 거야."

"그래. 그래도 혹시 모르니까."

아침부터 일어나 요리를 하시는 엄마를 보니 철수는 미안한 마음이 들었습니다.

'그래, 기분이다!'

철수는 방으로 들어가 일기장에 세 번째 소원을 적었습니다. 엄마는 어른이니까 아마 자기보다 더 멋진 소원을 떠올려 줄 것 같았습니다.

3. 엄마 소원 이루어지기

그리고 다시 거실로 나가 엄마에게 물었습니다.

"엄마는 소원이 뭐야?"

"음...... 철수가 게임도 줄이고 배달 음식도 덜 먹는 거?"

"에이, 그게 무슨 소원이야. 나 같으면 한 100억 쯤 생기게 해달라고 하겠다."

철수가 실망하며 방으로 들어왔습니다.

엄마가 회사에 가신 뒤 게임을 하려고 하는데 자꾸만 엄마의 소원이 떠올랐습니다. 주말인데 쉬지도 못하고 일하시는 엄마를 생각하니 게임이 하나도 재미있지 않았습니다. 아침부터 짜장면을 시켜 먹었더니 속이 불편해서 점심때는 엄마가 끓여 놓은 된장국에 밥을 먹었습니다.

"어? 그러고 보니 진짜 소원이 다 이루어졌네?"

철수가 신기해하고 있는데, 그 순간 또 다시 초인종 소리가 들렸습니다.

"누구세요?"

문을 열어보니 엄마가 웃는 얼굴로 서 계셨습니다.

"오늘 일이 생각보다 일찍 끝났어. 근데 게임 안 해? 배달 음식도 안 시켜먹고, 웬일이야? 오늘 집 잘 봤으니까 엄마랑 같이 치킨 시켜 먹을까?"

엄마의 말에 철수가 고개를 저었습니다.

"아니요. 저 들어가서 숙제하고 엄마가 해준 밥 먹을래요."

철수가 자기도 모르게 그렇게 말하고는 방으로 들어왔습니다.

'어? 내가 왜 이러지?'

정말 세 가지 소원이 다 이루어진 걸까요?

철수가 고개를 갸웃거리는 사이 거실에 계신 엄마가 무언가 알고 있는 듯 비밀스럽게 웃으셨습니다.

- 작가 이현규

-끝-

참고 도서

《노란 양동이》(모리야마 미야코 지음, 현암사)

《그림자 실종사건》(정현정 지음, 살림어린이)

《동구 똥구》(오은영 지음, 효리원)

《내가 글을 쓰는 이유》(이은대 지음, 슬로래빗)

교사도 학생도 행복한 글쓰기 수업을 위하여

　2010년, 스마트폰의 본격적인 보급과 함께 태어난 아이들이 올해로 벌써 5학년이 되었습니다. 주말이 지나면 교실에서는 어떤 유튜버의 어떤 영상을 보았는지가 주요 화젯거리가 되었고, 수업이 끝난 뒤 운동장에서는 신나게 뛰어 노는 아이들보다 삼삼오오 벽에 기대 휴대폰을 보는 아이들을 찾기가 더 쉬워졌습니다.

　이제 아이들은 모르는 단어를 검색할 때도 국어사전보다 휴대폰 검색창을 활용합니다. 이런 아이들을 읽는 세대가 아닌 보는 세대라고 부릅니다. 하다못해 기계 설명서라도 읽어야 생활이 가능했던 예전과는 달리, 굳이 활자를 읽지 않아도 듣고 보는 것만으로 모든 정보를 습득하고 누구보다 편리하게 생활할 수 있게 된 것이지요. 그래서 모든 게 더 편해지고 아이들은 아는 것이 많아졌지만 당연히 그만큼 단점도 늘어났습니다.

'읽고 쓰는 것'의 어려움.

이 소설은 바로 그 고민에서 시작되었습니다.

부모님의 잔소리에 억지로 책을 읽기는 하지만 여전히 글보단 영상이 더 편하고, 교과서에 나오는 간단한 질문 하나에도 자기 생각 쓰기를 어려워하는 아이들에게, 조금 더 쉽고 재미있는 글쓰기를 가르쳐주고 싶었습니다.

한 편의 글을 끝까지 완성하고 난 뒤에 느끼는 성취감.

누군가에게 내 글을 처음 선보일 때의 두근거림.

서로의 글을 함께 읽으며 쌓이는 공감대와 순수한 독서의 즐거움까지, 이 모든 경험들이 자라나는 우리 아이들에게 귀중한 재산이 되어 더 멋진 미래를 가져다 줄 거라고 믿습니다.

자칫 교실에서만 끝나버렸을 이 이야기가 많은 분들의 도움으로 멋지게 세상에 나올 수 있었습니다. 언제나 아이들의 시선에서 더 나은 교육을 위해 고민하시는 김동수 교장선생님, 김영호 교감 선생님, 책의 방향을 함께 고민해주시고 본인 책처럼 정성껏 검토해 주신 문주호 수석선생님, 늘 옆에서 힘이 되어 주는 동료 교사 분들과 사랑하는 가족들, 무엇보다 이 이야기를 함께 완성해 준 소중한 우리 아이들에게 감사의 마음을 전합니다.

지금 이 순간에도 아이들의 글쓰기 교육을 위해 머리를 맞대고 계실 전국의 수많은 선생님들과 학부모님, 어릴 적 놓아버린 글쓰기를 다시 시작하고 싶은 마음으로 이 책을 펼쳤을 모든 분들에게 이 책이 작은 시작이 되어주었으면 합니다.

2021년 12월 12일 저자 최수정

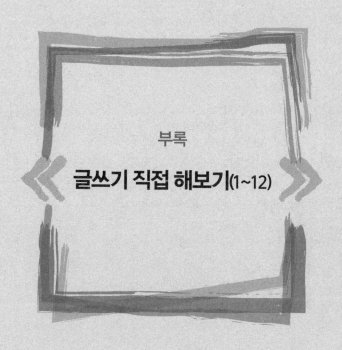

부록

글쓰기 직접 해보기(1~12)

· 원시인의 숟가락 ·

| 방법 | 1) 평소에 주변에서 쉽게 볼 수 있는 물건을 준비한다.
2) 둥글게 모여 앉아 그 물건을 처음 본 상황을 상상하게 한다.
3) 그 물건을 처음 봤다고 생각하고 돌아가며 물건의 용도를 추측해본다.
4) 자기 차례에 그럴 듯한 용도를 말하지 못하면 탈락 |

| 준비물 | 예) 의자, 숟가락, 유리컵, 포크, 모자, 유리병, 휴대폰 |

| 효과 | 평소 무심코 지나쳤던 사물의 다양한 용도를 떠올려 봄으로서
편견을 깨고 창의성을 키울 수 있다.
글쓰기를 위한 소재 찾기, 글감 찾기에도 도움이 된다. |

· 그 남자 그 여자의 사연 ·

방 법	1) 상상력을 자극할만한 인물 사진 몇 장을 준비한다. (아이들 사진도 가능) 2) 각자 사진에 담긴 인물의 사연을 상상한 뒤 발표해 본다. 3) 친구의 발표를 들으며 사진을 다시 한 번 확인한다. 4) 사진에 가장 어울리는 사연을 만들어 낸 사람이 우승! 　아이들이 직접 사진을 찍고 서로의 사진에 사연을 만들어 보게 하면 　더 흥미롭게 수업을 진행할 수 있다.
준 비 물	인물 사진이나 영상
효 과	평범한 장면에 담긴 스토리를 상상하며 상상력과 창의성을 기를 수 있다. 직접 만든 이야기를 친구들 앞에서 발표하며 발표력과 스토리텔링 능력이 향상된다.

· 3단계 단어 퍼즐 ·

방 법	1) 국어사전을 펼쳐 나오는 단어로 돌아가며 문장을 만든다. 2) 2단계는 단어 2개, 3단계는 단어 3개로 진행 3) 1분 안에 제대로 된 문장을 만들지 못하면 실패! 4) 작은 통에 단어 카드를 접어서 넣어놓고 번갈아 뽑으며 문장을 만들어 보는 것도 좋다.
준 비 물	국어사전
효 과	새로운 단어를 접하게 되어 어휘력이 길러지고 스스로 문장을 만들어 보며 문장력과 창의성을 기를 수 있다.

· 생각 낙서하기 ·

방 법	1) 인원수에 맞는 크기의 종이를 준비한다. 2) 각자 좋아하는 색 사인펜이나 색연필을 나누어 갖는다. (적극적인 참여 유도, 비방이나 욕설 방지 효과) 3) 친구와 낙서를 주고받듯 자연스럽게 낙서를 이어간다. 4) 중간중간 흥미를 느낄만한 단어를 미리 적어놓는 것도 좋다.

준 비 물	종이, 12색 사인펜

효 과	사고의 폭을 넓히고 상상력을 키워준다. 형식적인 글이나 발표가 아닌 낙서 형식을 사용함으로서 아이들이 보다 자유롭게 자신의 생각을 표현할 수 있게 해준다.

· 낙서 속 보물찾기 ·

방 법	1) 지난 시간에 했던 생각 낙서 종이를 준비한다. 2) 마음에 드는 낙서 3개에 동그라미를 한다. 3) 직접 고른 낙서를 활용하여 짧은 이야기를 완성해 본다. 4) 완성된 이야기를 친구들 앞에서 발표한다.

준 비 물	생각 낙서 종이, 사인펜

효 과	서로의 낙서를 골라 이야기를 만들며 친구를 이해하고 공감할 수 있다. 주어진 낙서를 적절히 배치하며 문장력과 스토리텔링 능력을 키울 수 있다.

· 책 읽어주는 친구들 ·

방 법	1) 평소 좋아하는 책을 고른다.
	2) 친구들에게 읽어주고 싶은 부분에 메모지를 붙여 표시한다.
	3) 결말 전에 이야기를 끝내 궁금증을 유발한다.
	4) 뒷이야기가 궁금한 친구들이 손을 들고 차례로 책을 빌려 읽는다.

준 비 물	직접 고른 책

효 과	발표력 및 듣기 능력 향상. 친구들에게 들려주기 위해 책 내용을 간추리며 글의 중심 문장을 찾아 내용을 요약하는 능력을 기를 수 있다. 친구들이 직접 읽어주는 책의 내용을 들으며 독서에 흥미를 키울 수 있다.

· 열 글자로 말해요 ·

방법

1) 자기 생각을 다섯 글자로 만들어 친구와 대화를 주고받는다.
2) 친구의 질문에 제대로 대답하지 못하는 사람은 탈락.
3) 다섯 글자로 말하기가 어느 정도 익숙해진 뒤에 '열 글자로 말해요' 게임을 진행한다.
4) 평소 잘 알고 있는 이야기나 인상 깊게 읽은 책 내용을 떠올린다.
5) 이야기 내용이 잘 드러나도록 열글자 문장을 만들어 본다.
6) 중요한 내용을 빠뜨리거나 글자 수를 넘기지 않도록 주의한다.

준비물

모두가 알고 있는 이야기

효과

글의 핵심 내용을 간추릴 수 있는 요약능력과 이야기의 주제를 파악하는 능력을 기를 수 있다.

· 영화 뒷부분 상상하기 ·

방법

1) 재미있는 상황이 설정된 영화를 준비한다.
2) 영화 앞부분을 살짝 보여주고 상황을 다시 한번 설명해 준다.
3) 다음 장면에서 어떤 일이 일어났을지 각자 영화의 뒷부분을 써 보도록 한다.
4) 서로 써온 내용을 발표 한 뒤 영화의 나머지 부분을 감상한다.

준비물

설정이 기발한 영화
예 : <선생님이 작아졌어요>, <애들이 줄었어요>, <쥬만지>, <박물관이 살아있다>, <브루스 올 마이티>, <돌연변이>, <김씨 표류기>, <이웃집에 신이 산다>

효과

영화 속 인물이 되어 다음 상황을 상상해보며 상상력과 창의성을 발휘할 수 있다. 이어질 이야기를 직접 쓰고 발표하며 구성력과 문장력, 발표력이 향상된다.

· 뒷이야기 이어쓰기 ·

방 법	1) 눈을 감고 이야기의 첫 부분을 들려준다. (최대한 실감나게) 2) 첫 문장이 담긴 학습지를 주고 뒷이야기를 이어 쓰게 한다. 3) 각자가 쓴 이야기를 스토리텔러, 또는 선생님이 읽어 준다. \<뒷이야기 이어쓰기 문장예시> ① 길 위에 빨간 지갑이 떨어져 있었습니다. ② 바닥에 하얀색 화살표 하나가 붙어 있었습니다. ③ 어느 날 밤, 초인종 소리가 들렸습니다. ④ 폭풍우가 세차게 몰아치는 밤이었습니다. ⑤ 책상 위에 작은 상자 하나가 놓여 있었습니다. ⑥ 우리 반에 새 친구가 전학을 왔습니다. ⑦ 어느 날 밤, 이상한 소리에 잠에서 깨어났습니다. ⑧ 나는 거울을 보고 깜짝 놀랐습니다. ⑨ '띵동' 늦은 밤, 초인종 소리가 들렸습니다. ⑩ 책가방 안에 편지 한 통이 들어 있었습니다. ⑪ 어느 날 나에게 신기한 초능력 하나가 생겼습니다. ⑫ 시계바늘이 뱅글뱅글 돌더니 시계가 딱 멈춰 섰습니다. ⑬ 노란 주전자 안에서 작은 꼬마 요정이 '뿅' 하고 나타났습니다. ⑭ 옆 집에 수상한 가족이 이사를 왔습니다. ⑮ 어디선가 한 번도 들어본 적이 없는 이상한 소리가 들려왔습니다.

준비물	뒷이야기 이어쓰기 학습지

효 과	다양한 상황을 떠올리며 상상력을 키우고, 상황에 맞는 뒷 이야기를 이어 쓰며 창의성과 글쓰기 실력을 키울 수 있다. 번갈아 스토리텔러의 역할을 맡으며 말하기 및 듣기 능력 향상에도 도움이 된다.

· 나만의 주인공 소개하기 ·

방법	1) 10문 10답에 따라 나만의 주인공을 떠올린다. 2) 주인공의 성격, 특징, 장단점을 정해 친구들에게 소개한다. 3) 직접 만든 주인공을 활용하여 주어진 상황에 맞는 이야기를 완성해본다.
준비물	10문 10답 학습지
효과	다양한 인물을 관찰하고 창조하며 주변 사람에 대한 이해를 높일 수 있다. 인물, 사건, 배경의 3요소를 이해하며 보다 깊이 있는 이야기를 구상할 수 있다.

· 나도 스토리텔러 ·

방법

1) 친구들의 이야기를 읽어줄 스토리텔러를 모집한다.

2) 각자 자신의 이야기에 어울릴만한 스토리텔러에게 이야기를 전달한다.

3) 스토리텔러는 연습을 통해 적당한 목소리로 이야기를 들려준다.

4) 스토리텔러가 들려주는 이야기를 듣고 고칠 점을 생각해본다.

준비물

친구들의 이야기가 담긴 학습지

효과

자신의 글을 읽거나 자기 생각을 발표할 때는 누구나 다 자신이 없어진다. 재미있게 이야기를 전달해야 하는 스토리텔링 수업의 경우, 나의 이야기가 아닌 친구의 이야기를 대신 소개함으로서 자신감과 전달력, 발표력을 기를 수 있다.

· 진짜 작가의 시간 ·

방법

1) 각자 쓴 글을 모아 제본을 하거나 한 권의 책으로 묶어 본다.

2) 익명의 이야기들을 한 권의 책으로 만들어 친구들에게 공개하거나 서로의 책을 돌려 보며 감상평을 나눈다.

준비물

제본된 책

효과

진짜 작가가 되는 방법은 생각보다 어렵지 않다.
난생처음 진짜 작가가 되어 독자의 반응을 살피는 동안 아이들은 하나의 글을 완성했다는 성취감과 동시에 글쓰기의 즐거움을 느낄 수 있을 것이다.

새우와 고래가 숨 쉬는 바다

최수정 장편소설

글쓰기 싫은 교실

지은이 | 최수정
펴낸이 | 황인원
펴낸곳 | 도서출판 창해

신고번호 | 제2019-000317호

초판 인쇄 | 2022년 01월 10일
초판 발행 | 2022년 01월 17일

우편번호 | 04037
주소 | 서울특별시 마포구 양화로 59, 601호(서교동)
전화 | (02)322-3333(代)
팩시밀리 | (02)333-5678
E-mail | dachawon@daum.net

ISBN 979-11-91215-36-6 (03810)

값 · 13,500원

Publishing Club Dachawon(多次元)
창해·다차원북스·나마스테